その後のツレがうつになりまして。

スーパーサラリーマンだったツレ（夫）は

仕事のストレスが原因で
うつ病になりました

黒い影を
背負ってる
このアンテナで
いろいろ
つらいものを
キャッチする
もうボクなんか
ダメ人間だ

明るくて前向きでがんばり屋だったツレは

暗くて後ろ向きでがんばれない人間になりました

3年間のつらい闘病生活をのりこえて

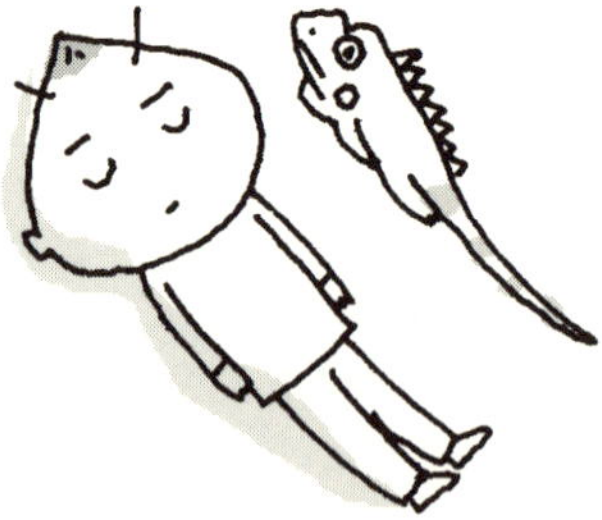

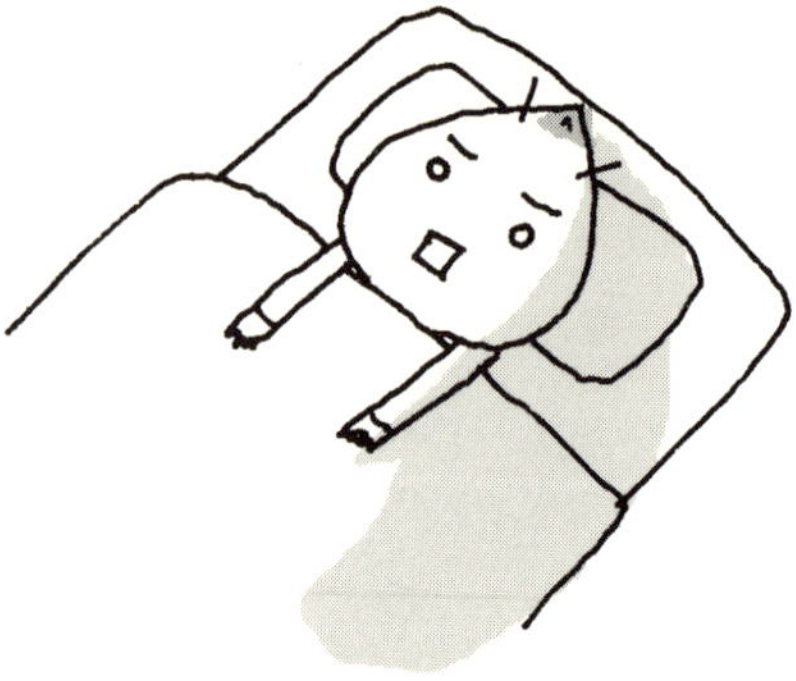

ようやく元気になりました

でも　元気になったツレは
以前のスーパーサラリーマンではありません

うつ病をのりこえたツレは
どのように変わってきたのでしょうか

そして
妻である私は
どう変わった
のでしょうか

目次

はじめに　2

PART 1
「ツレうつ」を、出してみて。　15

その❶　ツレがうつになって　16
……ツレのつぶやき①　23
その❷　本を書く　24
……ツレのつぶやき②　31
その❸　みんな悩んでたんだ！　32
……ツレのつぶやき③　40

PART 2

うつになって、わかったこと。

41

その❶ 会社をやめるのはいけないこと？ 42

その❷ 薬代が安くなる？ 46

その❸ 日記を書くのはよくないの？ 48

その❹ うつ病友達ができた！ 49

……ツレのつぶやき④ 50

PART 3

うつになって、あきらめたこと。

51

できないことは無理しない　52

……ツレのつぶやき⑤　59

あきらめたこと❶　旅行　60

あきらめたこと❷　コンサート・劇場　66

あきらめたこと❸　勤め人として働く　70

……ツレのつぶやき⑥　74

PART 4

こんなとき、どうする？

75

ウチ流　こんなときは　こうしてた❶　76

ウチ流　こんなときは　こうしてた❷　80

ついつい　やってしまいがちだが　キケンなパターン　82

私たちが思う
これだけはしない方が　いいんじゃないの？　84

……ツレのつぶやき⑦　86

PART 5

一歩一歩、前に進んで。

87

その❶ 電話に出られるようになった 88
その❷ 薬の量が減った 92
……ツレのつぶやき⑧ 97
その❸ 講演会で人前に立った 98
……ツレのつぶやき⑨ 105
その❹ 会社を作った 106
まとめ 113
……ツレのつぶやき⑩ 119
おわりに ツレ 124
おわりに 貂々 126

PART 1

「ツレうつ」を、出してみて。

その1 ツレがうつになって
ツレが うつ病と
診断されて 1年半
たちました
しばらく平穏な日々が
続いていたのですが
2005年の夏
また大きな浮き沈みが
ありました
くわしくは「イグアナの嫁」でどうぞ
ツレは
何日も
何日も
ねこんで

9月の終わりにやっと起きあがれました
そしてそのとき
病気になって以来はじめて自分から出かけようと言ったのです
えー
私は　あまりにもうれしくてうちょうてんになりもう治ったと思ってしまいました
アンテナも消えてる気がした
でもそれは
まちがいだったのです

雨の日や低気圧が近づくとねこむし
うーん
うーん
突然落ち込みが来ることは続きました
ボクなんかダメだ
やっぱりそう簡単に治る病気じゃないんだなあ
はーがっかり
もうこうなったらしょーがないな
一生この病気とつきあう気持ちになろう
ぐっ

ツレの方も
ホントにもう イヤになっちゃう よね
だけどもう しょーがないなって 思ってるよ
ふたりとも 病気を 「なっちゃった ものは しょーがないよっ」 と受け止め られるように なっていた
でも私には 心配なことが あった
ツレの退職金も 失業保険も 使っちゃったし
私の仕事は あいかわらず 少ないし
通帳

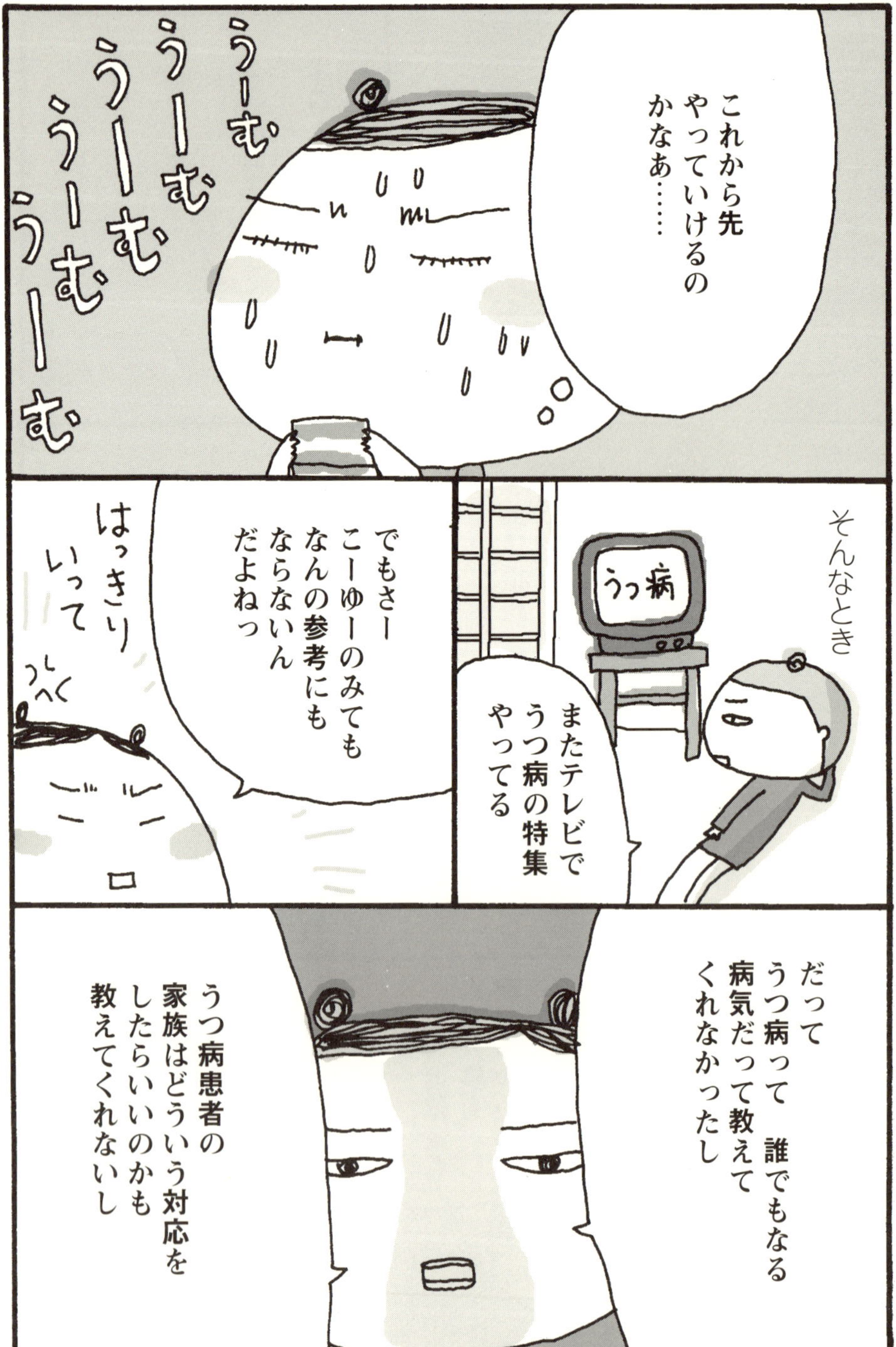

これから先
やっていけるの
かなあ……
うーむ
うーむ
うーむ
うーむ
うーーむ
そんなとき
うつ病
またテレビで
うつ病の特集
やってる
でもさー
こーゆーのみても
なんの参考にも
ならないいん
だよねっ
はっきり
いって
つーん
へく
だって
うつ病って　誰でもなる
病気だって教えて
くれなかったし
うつ病患者の
家族はどういう対応を
したらいいのかも
教えてくれないし

はっ
私たちの体験をそのまま本に書いたらどうだろう
私のまわりにもうつ病のことを知らなくて　誤解している人が多かったし
うつ病って　こんなふうになって　こんなことになっちゃうんですよって世の中の人も知っておいた方がいいのでは？
もっといろんな人に知ってもらうためにうつ病の本を書こう!!

ヨーシ
がんばるぞ!!

謎のエビ仙人

　うつ病になって1年後、それまで全く興味を示したことがなかったものに次々とはまってしまった。特に不思議だったのはアクアリウム。病気が治ったあとは「なんでこんなものに？」と思うようなものだ。今ではときどき水を足してやるだけで何のケアもしない。それでも作った当時に神経を注ぎ込んでいたせいもあり、水草、エビともども生きている。

　当時エビ飼育には異様に凝った。塩水まじりの汽水を作り、エビの幼生を成育させた。膨大な数のエビが大人になった。なんでこんなことにはまったのだろう？　あとで考えてみると、多少コジツケなのだが、僕はエビと自分を同一化し、エビの環境を整えて世話をすることを通して、僕にはうかがい知ることができないが、この世の水槽の外に僕を見守りケアしてくれる大きな何か（神様？）がいると実感したかったのではないだろうか？

その② 本を書く
私はツレに
おそるおそる
うつ病のことを
本にしていいか
きいた
えっ
そりゃ
本にするから
日記つけとけって
言われて
書いてはいたけど
ホンキ
なの？
うんっ
じゃー
いいよ
ホント!?
よーし
やるぞー
でもこんな
暗い話
本にしても
いいのかな？

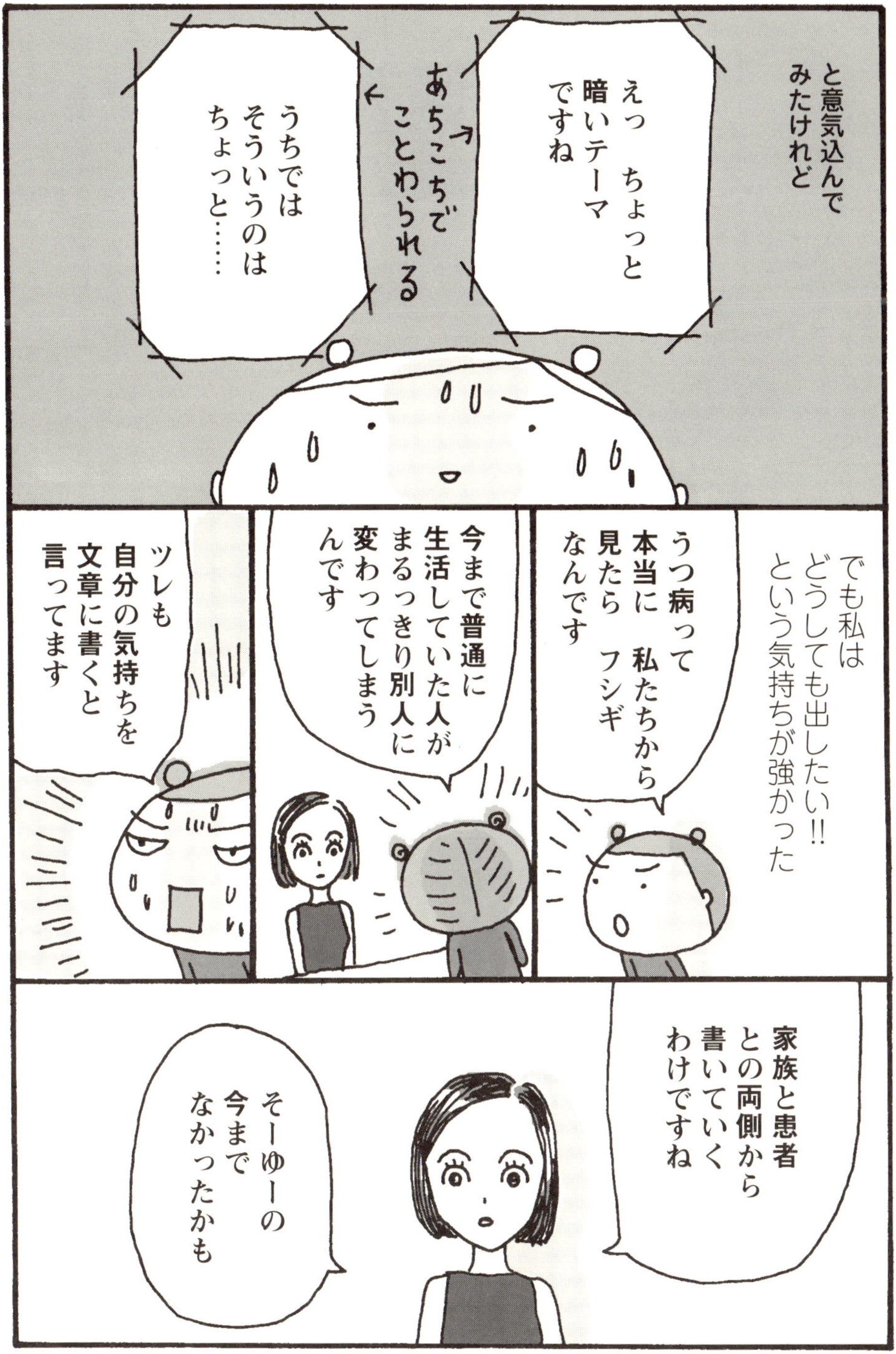

と意気込んでみたけれど
えっ　ちょっと暗いテーマですね
あちこちでことわられる
うちではそういうのはちょっと……
でも私はどうしても出したい!!という気持ちが強かった
うつ病って本当に　私たちから見たら　フシギなんです
今まで普通に生活していた人がまるっきり別人に変わってしまうんです
ツレも自分の気持ちを文章に書くと言ってます
家族と患者との両側から書いていくわけですね
そーゆーの今までなかったかも

私の話を理解してくれたのは幻冬舎の編集者さんでした
うつ病の本企画会議に出してくれるって!!
本当？
私が背水の陣で営業して取ったお仕事でした
これで生活がなんとかなるかも
企画会議も無事通り本を出すことが決まりました
やったー
うれしー
このとき　はじめて
ツレが書いていた日記を見せてもらいました

日記には
私の知らなかった
ことも書かれて
おり
知らなかった
……
ツレが
自殺未遂
してたなんて
……
……
しばらく
立ち直れなくなる
私……

うつ病になると自殺を考えてしまう
そのことは理解していたつもりでしたが私は甘かったようです
本当にこんなこと書いていいんだろうか
いやいや！やるって決めたんだからちゃんと書こう
書いては
やめ……
つらい……
書いては
やめ……
やっぱりつらい

うつ病の
本を書くことは
思ったより
とってもとっても
苦しい作業でした
うー
うー

ねるな!!
つらい…
ぐー

ツ　レ　の　つ　ぶ　や　き　②

断ることができない「弱点」

僕は割とキッチリめの性格で、それがうつ病に対する耐性のなさに結びついたと思われる方もいるようだ。確かに、開き直りのヘタさ加減や、厄介ごとを放っておかずにウジウジと考える特徴は自分でも人間としての弱点だなあと思わないこともない。しかし、自分の中で一番の弱点だと思った部分は「断ることができない性格」というところにあると思う。

自分にとって過大な負担でも、他の人の心情を考えると、断ることができなくなってしまう。決してカッコつけているわけでも、自分がイヤな奴になるのに耐えられないわけでもないのだが、断るときのエネルギーと、引き受けて達成するエネルギーを比較して、「引き受けたほうが断るより楽」と判断してしまうところがあるのだ。これはうつ病を病んでも、自己分析を繰り返しても、どうしても修正することができない。修正したつもりでも、また同じ考え方に戻ってしまっている。

そのしわよせが私に来ることもあるんだよねー

ESSAY

その③ みんな悩んでたんだ!
そして ついに完成!!
とうとう 発売日まで 決まりました
でも……
ねえ 本当に あの本 出るのかな?
えっ
てゆーか 本当にあの本 出すの?
なんで?
ボク うつ病になって たくさん うつ病の本 読んだんだ
うん

でもボクと同じ症状を書いてる本はなかったんだ
えっ そーなの？
ボクの症状は一般的ではないのだと思う ボクのことを理解してくれる人も いないと思う
うえっ うえっ
やっぱりあの本出版しないでくれないかな？
えーっ

でっ でもこの本出さないと生活できなくなっちゃうよ?
それにもう2週間後には発売されるんだよ?
いまさらムリだよ……
しくしくしくしくしくしく
そして本は出版された
ツレがうつになりまして。
でも
どこの本屋さんにも置いていない……
やっぱりうつ病の本なんて読んでもらえないいんだね

だけど この本を
読んでくれた
まわりの人たちは
うつ病って こんなふうに なるなんて 知らなかった
大変だった んだねー
うつ病のことを なんとなく
わかってくれたようで
それだけでも本を出した
甲斐があったと
思いました
がんばった んだね
あーあー また次の仕事 探さなくちゃ だなー
メールチェック でもして みるか
うぃ〜ん
カチ カチ

!?
びくっっ
ツレっ
ちょっときてっ
どーしたの?
みっ
見てっ
本の感想
メールが
いっぱい
来てる……
本って……
あのうつ病の
?
なっなんて
書いてある?
こんな症状
ちがうって
批判メール
?
えーとねー

自分とそっくり同じ症状で
他にも　こういう人が
いたんだって
安心しました
だって
ホント？
うん
他にも
同じだって
メール
ばっかりだよ
ホラ
そうか……
ポロ
ポロ
ボクと
同じ人も
いたのか……

ボクだけがヘンなのかと思ってた……
ひっく ひっく ひっく
よかった……
そして
実はうちの主人もうつ病なんですよ
えっ
自分のまわりにもうつ病に関わっている人がいることが続々と発覚
なかなか人には言えなくて
そーだったんですかー
うちは最初こんな感じで
そうそううちも
今まで話しにくかったうつ病の話がフツーにできるようになりました

なんかさ
うつの本出して
楽になれた
気がするよね
うん
苦しんでるのは
自分だけじゃ
ないんだなあって
思った
そしてそして
「ツレうつ」
増刷に
なったって
ええ!?
てんさんの
書いた本で
はじめてじゃな
い？　こんなに
反響があった
の
ゆっ
夢みたい
ドキ
ドキ
ドキ
ドキ
うつ病の本を
読んで共感して
くれる人がいたと
いうことに
すごくおどろいて
そして感謝しました

ツ　レ　の　つ　ぶ　や　き　③

寛解その後

病気が治ったあと、僕は以前と同じような前向きでニコニコしながら日々を過ごす人間に戻った。性格が元通りになったのだ。だけど、シニカルで皮肉っぽいところや、きちんとしたがる性格は薄くなったみたいだし、いろいろな人の立場でゆったりと考える想像力が身についた。割とダラダラしているし、効率もそんなに良くないが、病気のときと比べるとずいぶん人の役に立てるようになった気がして嬉しい。ただ、調子が悪いときや感情が動揺したときに「寝逃げ」する癖だけは残ってしまった。「どうして困ったときに寝てしまうんだろう僕」とは思うのだが、寝ている。

私も
ねるの大好き
だし
いいんじゃない

ESSAY

PART 2

うつになって、わかったこと。

その1 会社をやめるのはいけないこと?

本の感想で
多かったのが

普通はうつ病の人に
会社をやめろと言っては
いけないのに　どうして
やめろと言ったのですか?

だった

えー
そうだったの?
うつ病の人は環境を変えるようなことをしてはいけないんだって
たとえば引越しとか離婚とか
会社をやめることもそのうちのひとつらしい

ぜんぜんしらなかった…
私はただ会社のストレスで病気になったのだから
会社をやめれば治るのでは？
と思って言ったんだよ
ちょっと単純すぎ？
でも実際会社をやめても治らなかったでしょ？
あーそうか

本当は会社には休職制度っていうのがあって
病気になったときは それを使って休めたんだって
えっ そんな大っぴらに休む方法があったんだ
でもウチの会社の場合はムリだったと思うよ
ボクがやめたあと 会社をすぐにたたんでるくらいだから休職するならやめろって言われたと思う
あのときツレは私がやめろと言ったからやめたの？
うつ病になったとき 会社の人にうちあけたら
この状況じゃ～誰だってうつ病になるよなっ
ここにいるやつらみんなうつ病なんじゃないの？

って
言われたんだ
それで
あ　もう
ここにはいられない
なって思った
それくらい会社は
せっぱつまった状態
だったんだと思う
でもあのときは
会社をやめるなんて
頭になかったから
てんさんに
「やめな」って
言ってもらえて
ボクは
よかったと
思ってるよ
その言葉を
きいて
ほっとした
ふー

その② 薬代が安くなる?

薬代や医療費の負担が少なくなる制度があるの知ってますか?

そんなのぜんぜん知らないっ
?
?

障害者自立支援法を利用する

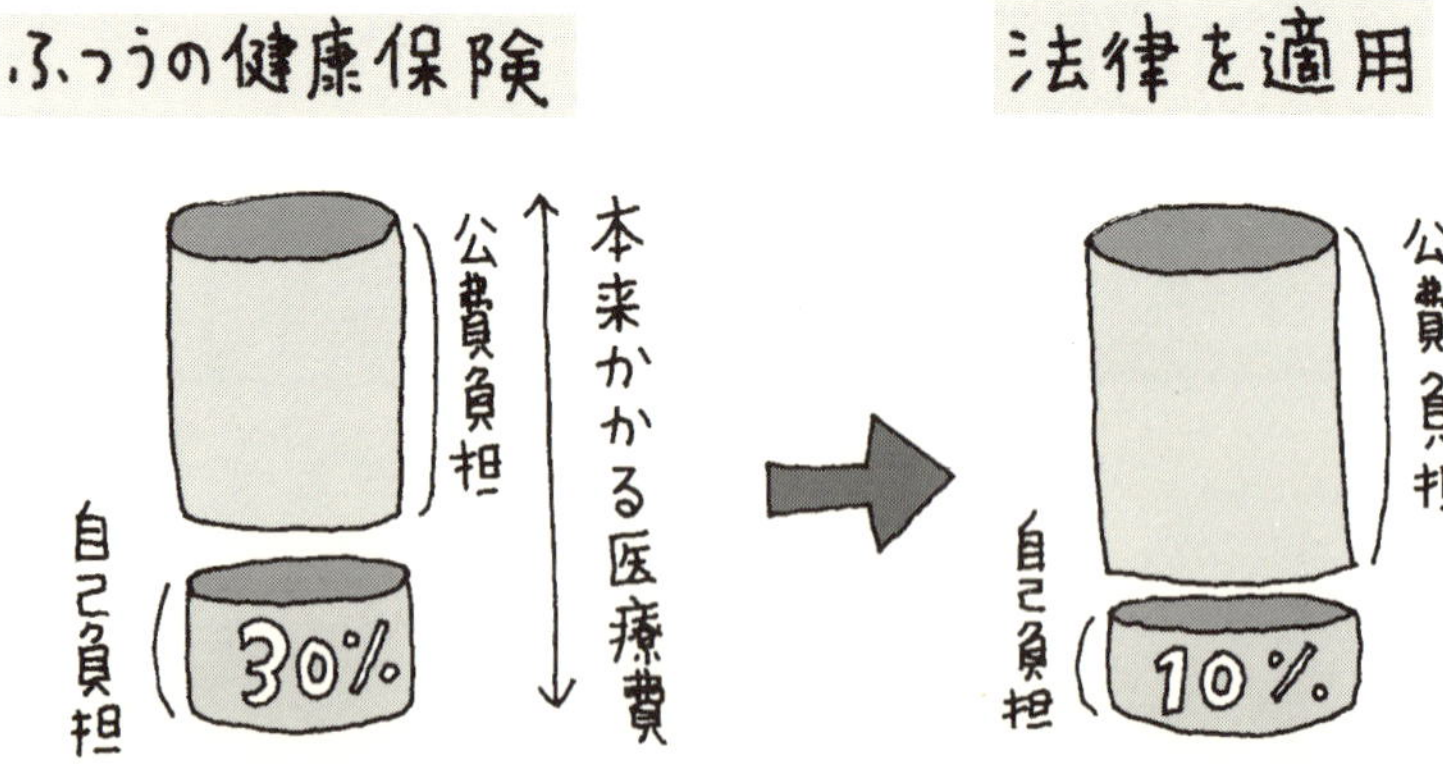
ふつうの健康保険
公費負担
自己負担
30%
本来かかる医療費
法律を適用
公費負担
自己負担
10%

医療費の支払いが3分の1になります

ただし　世帯ごとの所得水準に
応じての制限あり
くわしくはお住まいの区市町村の
精神保健福祉担当にお問い合わせ
ください

その他に

・お医者さんに診断書を書いてもらうことでカウンセラーの費用なども保険が適用できる

・地域によって区市町村の保健センターが利用できる

・会社や業界によってはメンタルヘルスへの取り組みが充実していて　いろいろ助けを期待できるところもある

・社会保険に加入していれば
（正社員・長時間パート・派遣労働者でも）
即座に休職しても休業補償が受けられる

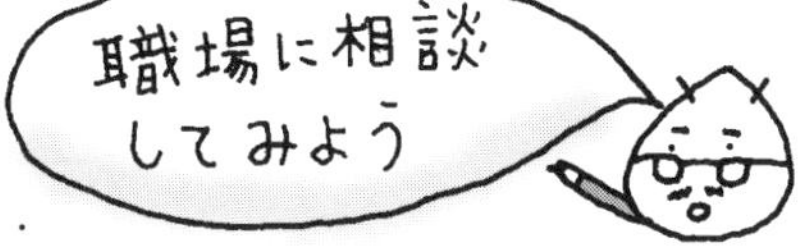
職場に相談してみよう

無理して働き続けるよりまず休職
会社をやめるのは最後の手段です

その③ 日記を書くのはよくないの？

ツレさんに日記をつけさせることをしていたそうですがこれは認知療法ですね てんてんさんは知っていてやらせたのですか？

認知療法？
なにそれっ

・日記をつけることや対話を通じて
自分の考え方のクセを知り　ストレスを減らすような
考え方や行動に気づくことができるようにすること

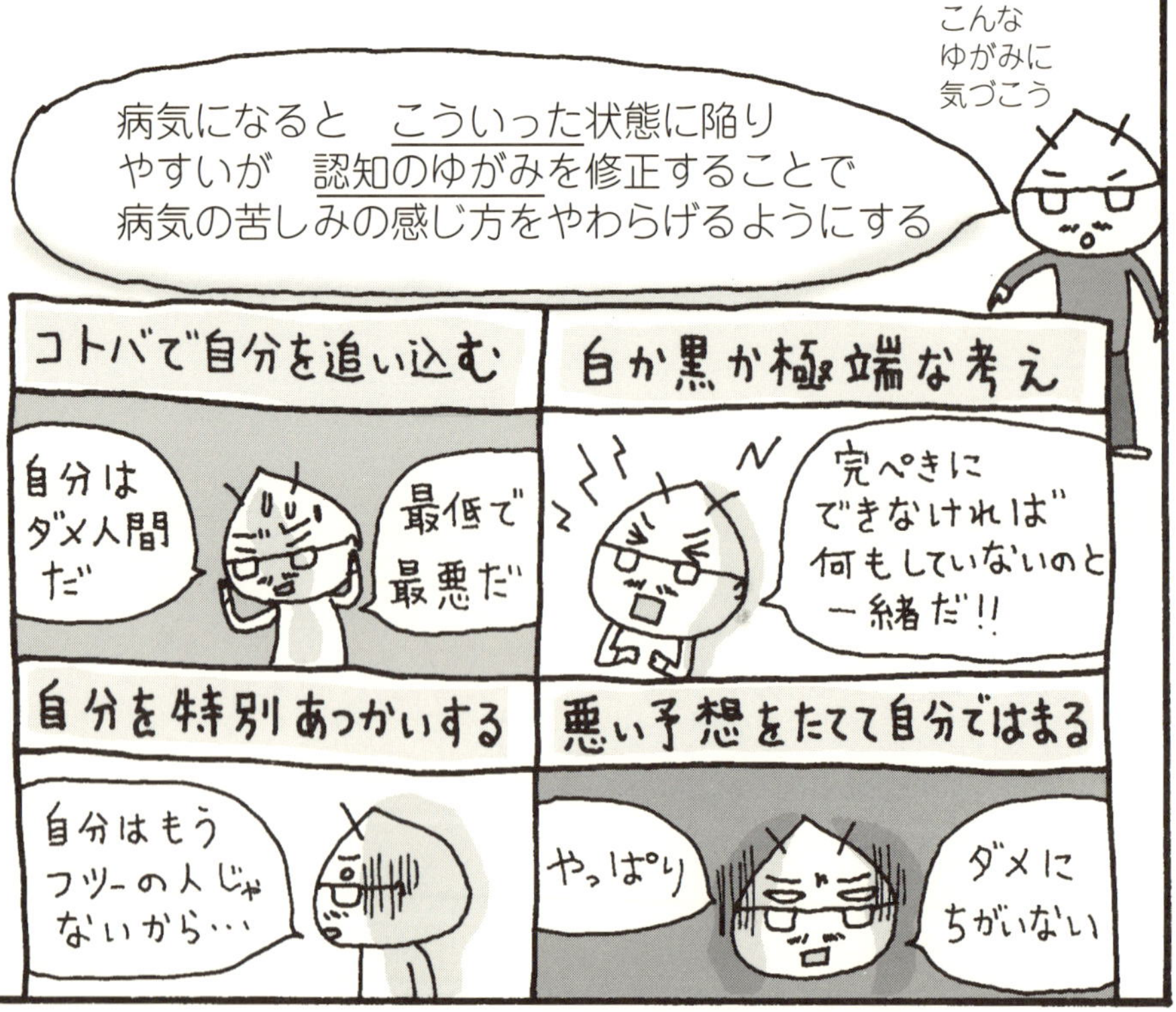
こんな
ゆがみに
気づこう
病気になると　こういった状態に陥り
やすいが　認知のゆがみを修正することで
病気の苦しみの感じ方をやわらげるようにする
コトバで自分を追い込む
自分は ダメ人間 だ
最低で 最悪だ
白か黒か極端な考え
完ぺきに できなければ 何もしていないのと 一緒だ!!
自分を特別あつかいする
自分はもう フツーの人じゃ ないから・・・
悪い予想をたてて自分ではまる
やっぱり
ダメに ちがいない

参考　「SIGHT」2007年春号（ロッキング・オン）
大野裕『こころが晴れるノート　うつと不安の認知療法自習帳』（創元社）

その4 うつ病友達ができた!
「ツレうつ」が縁で お友達になった人も います
はじめまして
こんにちは
やはり おツレあい さんが うつで 休職中
話がはずむ
話をしていてツレは
ああ 自分と そっくりだ
と 思ったそうです
実際に うつ病の人と 話をしたことが なかったので
このことは ツレにとって 大きなはげみに なったよう です
苦しいのは 自分だけじゃ ないんだ

「会社を辞めてはいけない」はどうしてか

僕の場合、会社を辞めてしまったそのことに後悔はないし、それが最善の策だったということはのちのちにもハッキリしているのだが、一般的に「辞めちゃいかん」と言われるのは、実はそれがうつ病独特の逃避心理から出ていることも多いからだ。「会社を辞めたい」と言って実行した人は、次に「離婚したい」「親子の縁を切りたい」などと言い出して、さらには「この場所から逃げたい」と行動し、最後に自殺企図までエスカレートしてしまう。辞めたいのは会社ではなく、いま、ここの、自分が存在することのむずがゆい不快感なのだ、きっと。

PART 3

うつになって、あきらめたこと。

できないことは無理しない
ツレの病気はどんどんよくなってるように思えた
でも私は少し不安だった
うつ病は治りかけの時期が危ないと言われてるからだ
昔の友達に会う約束をしたよ
えっ
今後の仕事のこととか相談にのってもらおうと思ってさ
ふーん
でも急に雨が降ったりして調子をくずし行けなくなる
くそー雨のバカー
ざ

よくなってきたはずなのに
また悪くなる
そのときの落ち込みかたははんぱでなくつらいらしい
どうしてなんだ? もう治ったと思ったのにどうしていつまでたってもダメなんだ!!
しくしくしくしく
もうこんな生活いやだ こんなダメな自分いやだ
もしかして一生 このままなのかも
こんな自分はいなくなった方がいいんだ

ちょっと出かけてくるよ
どこ行くの?
図書館
いってらっしゃい
ずっと調子悪そうだったけど
今日は調子がいいのかな?
カァ
カァ
カァ
リーン
ゴーン
カーン
コーン
↑夕方5時の鐘
あれもうこんな時間?
そういえばツレおそいなあ
ただいまー
わっ帰ってたの!?
ドキッ
前住んでた団地に行ってきた

えっなんで？図書館に行ったんじゃなかったの？
前住んでた14階の建物に昇ってきた
なっなんで？
下見に行ったんだ
ここから飛び下りれば楽に死ねるかなって
ぐわーん
ふざけんなー
もーツレが出かけるときは絶対一緒についていくっ
バカー
でも 実際に行ってみたらこわくてムリだって思ったよ
治りかけのときは本当に神経使います

うつ病になって
今までできていた
ことが
えっ
なんで
できないの？
できなくなってきた
ツレ
できないという
あせる気持ち
が
体調を悪く
させているような
気がしました

だったらいっそ
できないことは
あきらめちゃえば?

カンタンに言うよなー
じゃーいつまでもつらいままでいるの?!

ツ　レ　の　つ　ぶ　や　き　⑤

「あ」「と」「で」の話

うつ病はつらいものだが、乗り切る秘訣として「あ」「と」「で」というモットーを考案した。「あ」は「焦らない・焦らせない」という目標の頭の文字。うつ病の治療中はどういうわけだか焦る。そして焦ったことがマイナスに響く。だんだんそれに気づくのだが、それでも焦る。焦らなくていいことでも焦る。ひとつ焦らないようにできると、だんだん無駄な焦りが減ってくる。なので、石にかじりついてでも焦らない心境を会得しようということ。「と」は「特別扱いしない」ということだ。うつ病の発病とその前後の心理として、なぜか自分を特別扱いしていることが多いのだ。「僕は特別に人よりも仕事ができる」「寝なくても大丈夫」などという思い込みの不摂生から発病すると、今度は「僕は人一倍不幸」「世界で一番ダメな奴」「うつ病患者としても特別だから早く治る（あるいは決して治らない）」などと考えている。「僕は普通の能力の人」「普通の人だから無理してうつ病になった」「ごくアタリマエのうつ病患者だ」「平均的な経過で治っていく」といった心境になれれば良いのだが。パートナーの人も「病気のお父さんは特別」といった扱いをしないほうが望ましいと思う。そして「で」は「できること・できないことを見分けよう」ということだ。できることをきちんとする（させる）、できないことは無理してしない（させない）。こうしたアビリティの判断がおかしくなるのが、またうつ病ならではなのだが。周囲の人と協力して現状にふさわしい形で社会（家族）に役立つようにふるまうことが回復への近道だ。そして「あ」「と」「で」というモットーは「あとで」という言葉にも結びつく。あとで、と、常に判断を保留する癖をつけると楽になる。病気の人は、未来のほうが必ず何か良くなっているので、後回しにして大丈夫なのだ。これはうつ病だけじゃなくて、全ての病気のときに役立つモットーだと思う。

E　S　S　A　Y

あきらめたこと①
旅行
うつ病になり電車に乗れなくなったツレ
もーやだ電車なんか乗りたくない
うつ病が一番ひどいときに乗っていた
満員電車の恐怖感が忘れられないようです
ぎゅうー
でも病気がよくなってきたので少しずつ練習をして
最初は必死!!
大丈夫?
30分くらいなら乗っていられるようになりました
ずいぶんへーきになってきたね
うん

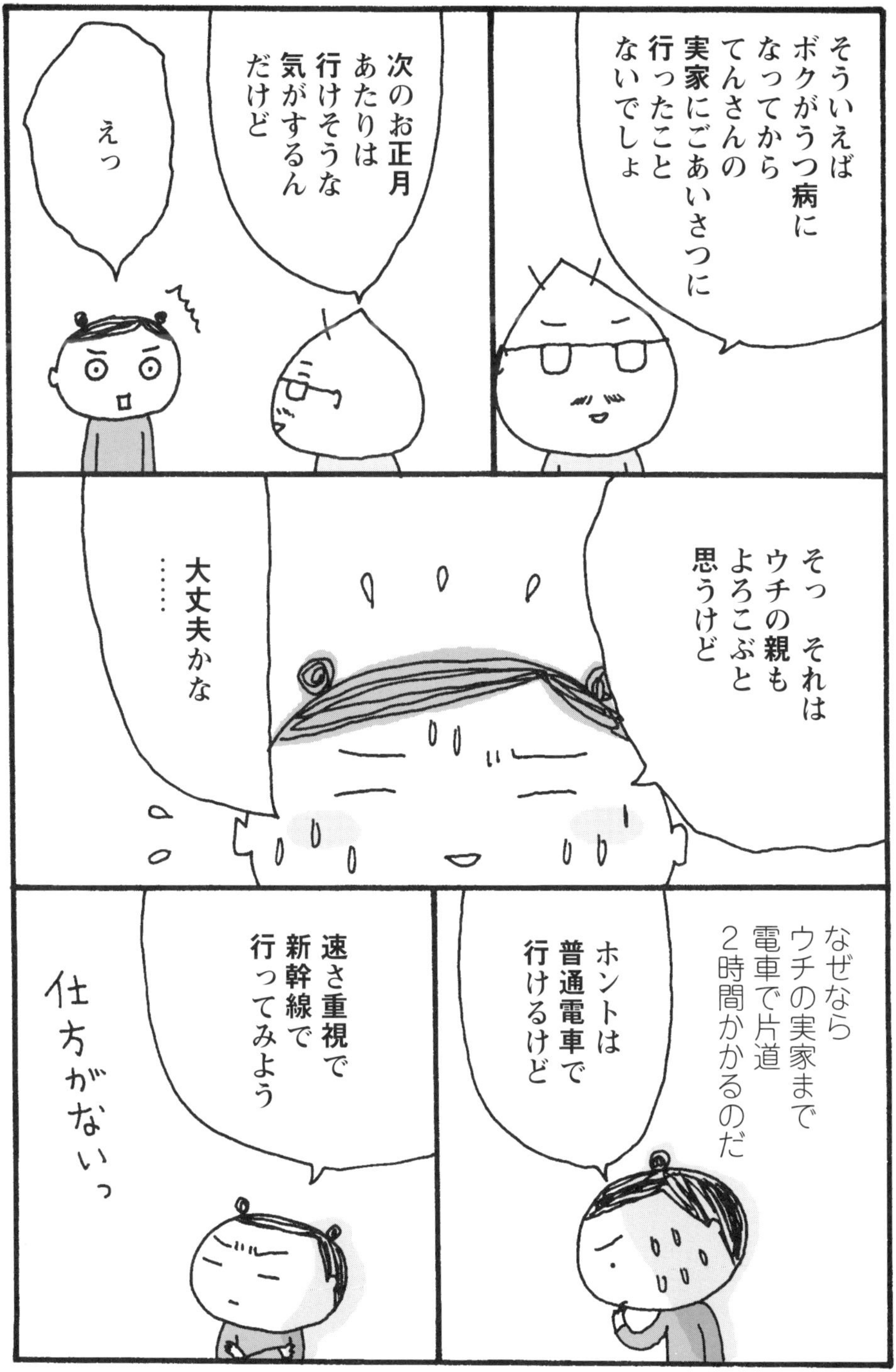
そういえば ボクがうつ病に なってから てんさんの 実家にごあいさつに 行ったこと ないでしょ
次のお正月 あたりは 行けそうな 気がするん だけど
えっ
そっ それは ウチの親も よろこぶと 思うけど
大丈夫かな ……
なぜなら ウチの実家まで 電車で片道 2時間かかるのだ
ホントは 普通電車で 行けるけど
速さ重視で 新幹線で 行ってみよう
仕方がないっ

いつもなら片道1000円ですむのに片道5000円も出してわざわざ新幹線に乗りました
こんなので実家帰るのはじめてだよ
乗りなれてないのでふたりともキンチョー
でも
はっ速いよ
つらいよこわいよー
新幹線はダメでした
おちついてっホラもう駅についたからっ
パタパタ
帰り……普通電車に長時間乗るけど大丈夫?

帰りの様子は
もう言うまでも
ありません
人ゴミがこわいので
グリーン車に乗った
てんさん
ごめんね
せっかくの
お正月なのに
帰ってきて
落ち込むツレ
大丈夫だよ
ウチの親も
ムリしなくていいいって
言ってるし
まだムリに
遠出はしちゃ
いけないって
わかったんだもの
年のはじめに
大事なことに気づけて
よかったじゃない

しばらく旅行とかできなくてかわいそうだけどしょーがないよ
えっ
旅行ができないのは困らないよ
前から旅行はキライだったし今まではてんさんにムリヤリつれて行かされてたんじゃない
はっ
たしかにそーだった
かわいそーなのは私かっ
これからは　私がムリにさそえないからラッキーって思ってるだろーね

車なら大丈夫なのかと思ったら
すみません降ろしてくださーい
ひーー
ひーー
ここ高速道路だからムリだよ〜
飛行機なんて言語道断らしい
金属のかたまりが空を飛ぶなんて信じられないいっ
しばらくは私も飛行機禁止になっていた

あきらめたこと②
コンサート・劇場
ツレはうつ病になる前はよくライブやコンサートに出かけていた
今度N響一緒に行こうよ
旅行につれてってくれたらつきあうよ
クラシックコンサートはたいくつなのでいつも交換条件を出していた
音楽は生で聴くのが一番
と言っていたのに
うつ病になって人の集まるところに行けなくなったためコンサートもあきらめていた
あーショスタコーヴィチの11番やるんだー行きたいけどムリだなー
大好きなクラシックのコンサートくらい行けるようにしてあげたいなあ

そうだっ
電車のときのように練習をしてみたらどうだろうっ
というわけで
ふたりが好きなすもうをみに両国国技館に行ってみた
当時2人ますます席というのがあって安く座れた
ます席の一番うしろ
お昼頃行ってお弁当たべながら幕下の取りくみから見る
すもうならじーっと席に座ってみてなくてもいいし
ちょっと歩いてくる
食べながらしながら　おしゃべりいられるので
コーヒー買ってきた
国技館名物ヤキトリだよ
緊張しなくていいかもと思ったのだ
が　しかし
十両の土俵入りの時間から一気にお客が増えた
わっ急に土俵が　遠く感じる
人ばっかりだね

この頃からツレのようすが　変になってきた
大丈夫？
そして幕内の土俵入りが終わった頃
ごめんっ帰る
えっ
そんなあ
お楽しみはこれからなのにー
あの土俵に自分が立たされて　せめられているような気持ちになりつらい
何やってんだ
負けるなよ
もっとしっかりしろ
ガンバレー
ファイトー
と　ツレはうったえた

でも てんさんは 最後まで みていきな
!!
ボクは がんばって ひとりで帰るよ
じゃ
じーん
ありがとう ツレ!!
おかげで 私は ぶじに結びの 一番まで すもうをみて 帰れました
ひゃー
ひゃー
でも このことで ツレは
やっぱり ボクは人が 集まる空間 には行けない
とあらためて 自覚したらしい
とりあえず ムリだってことが わかったので よかったことに しよう

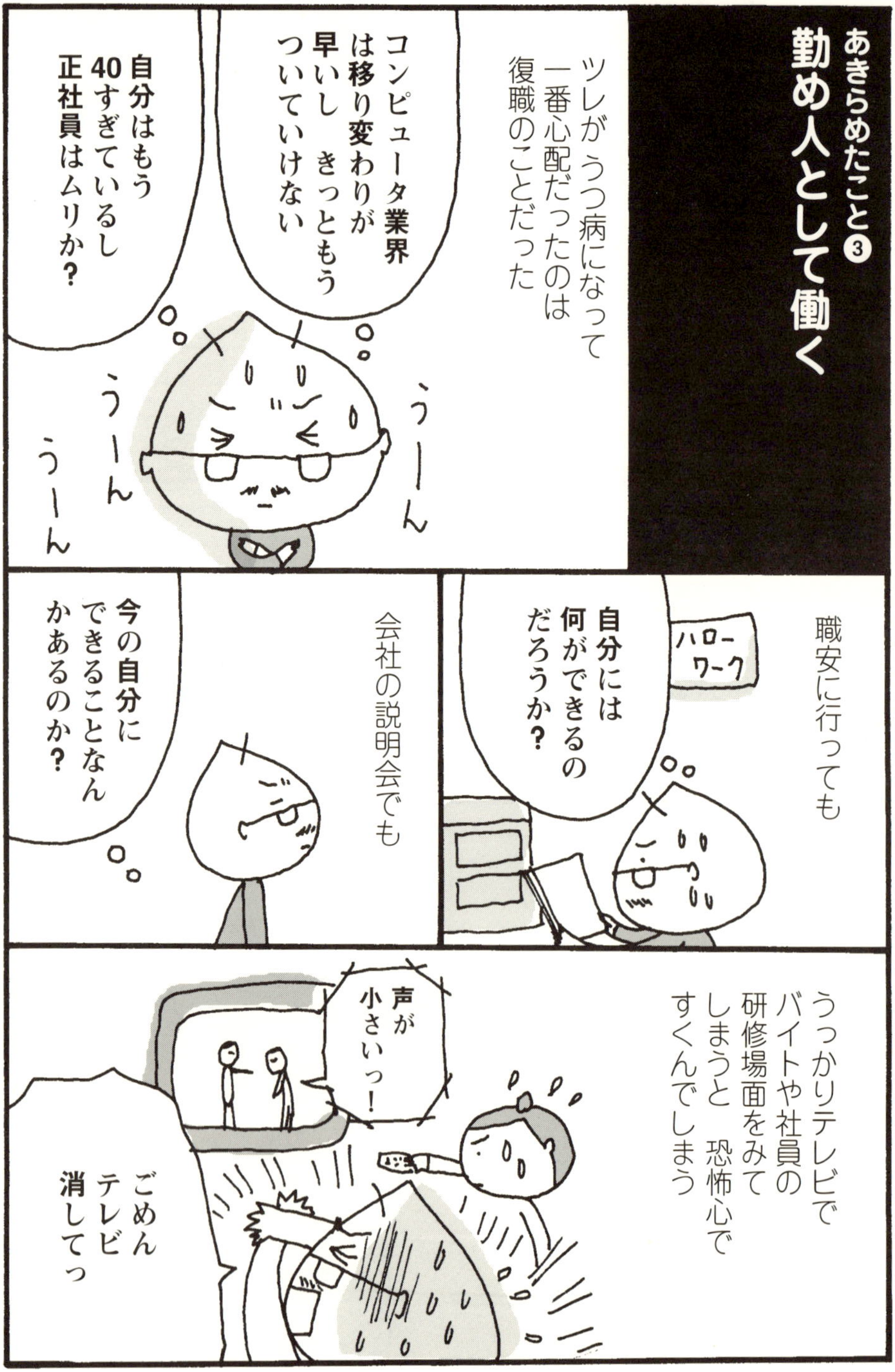
あきらめたこと③
勤め人として働く
ツレがうつ病になって一番心配だったのは復職のことだった
コンピュータ業界は移り変わりが早いし　きっともうついていけない
自分はもう40すぎているし正社員はムリか?
うーん
うーん
うーん
職安に行っても
ハローワーク
自分には何ができるのだろうか?
会社の説明会でも
今の自分にできることなんかあるのか?
うっかりテレビでバイトや社員の研修場面をみてしまうと　恐怖心ですくんでしまう
声が小さいっ!
ごめんテレビ消してっ

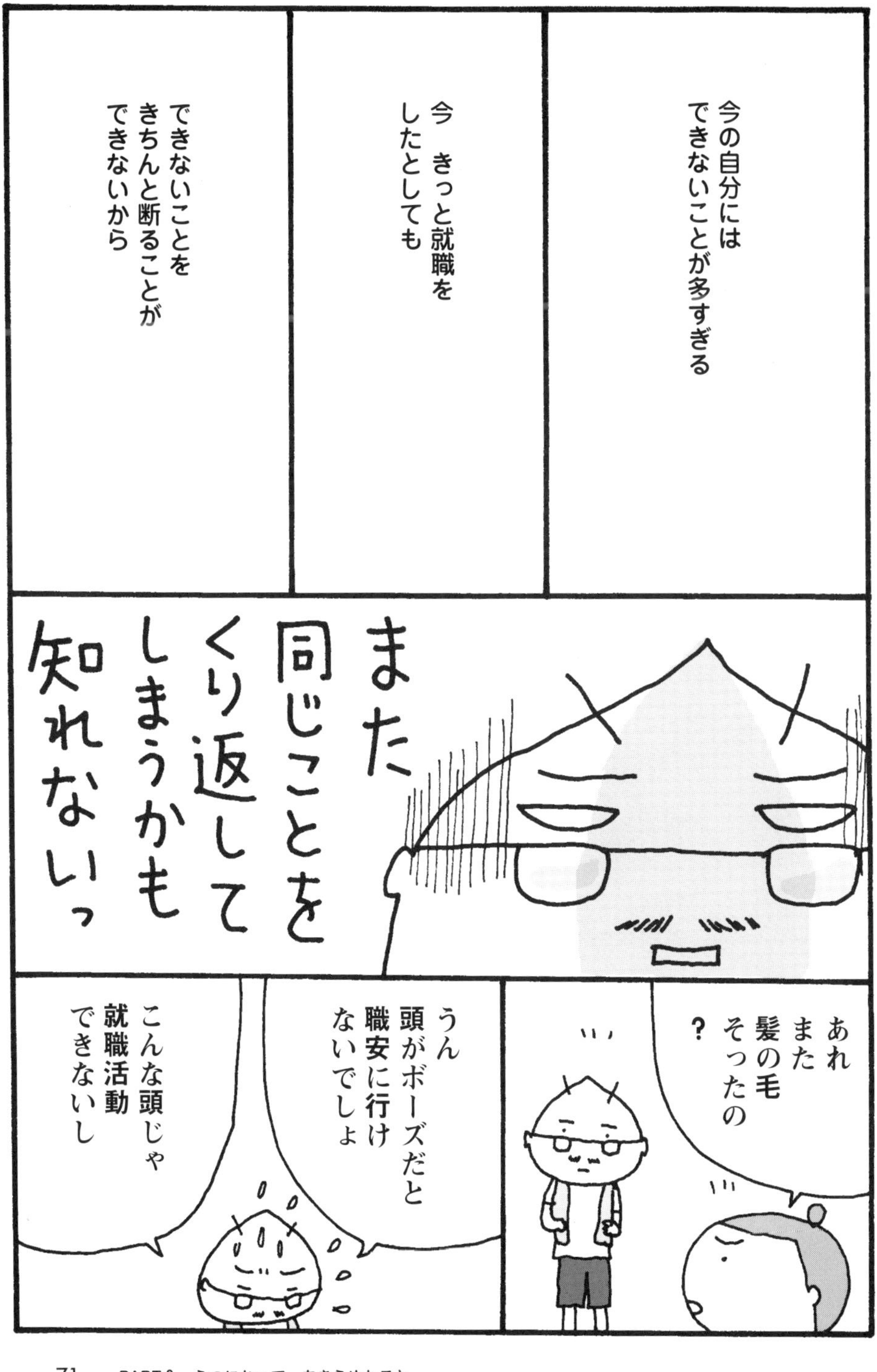
今の自分には
できないことが多すぎる
今　きっと就職を
したとしても
できないことを
きちんと断ることが
できないから
また
同じことを
くり返して
しまうかも
知れないっ
あれ
また
髪の毛
そったの
?
うん
頭がボーズだと
職安に行け
ないでしょ
こんな頭じゃ
就職活動
できないし

だから頭ボーズにしてるとホッとするんだ
ねーねー別にムリして仕事探すことないんじゃない？
えっ
今はなんとか私の収入でくらしていけるんだし
でも……
そうやって仕事探しをすることで気持ちをあせらせてるのが
病気を治すことと逆効果になってる気がする

どっちが
家計を支える
とかの役割分担は
そのときの状況に
よって変えて
いけばいいよ
今はイヤだな
と思うことは
ムリにしないで
そのうち
何かできそうだな
って思えたら
すれば?
わかった
ツレは
次の日から
職探しをやめて
専業主夫を
楽しむようになった
よかった
じゅー

誰もが恵まれていることに気づけない

相棒が僕の闘病を書いた「ツレがうつになりまして。」を上梓してから、あちこちでずいぶん言われたことに「ツレさんはパートナーが貂々さんで恵まれていた」という意見が多かった。客観的にはそれは本当だと思う。でも、うつ病という病気のつらいところは、その病気のさなかには自分の恵まれていることには気づけない、孤立無援でこの世で一番不幸だと思い込んでしまうことだ。僕は仕事がないことや、子供がないことや、友人知人や親戚と親しく付き合えていない（←病気が思わせる妄想的な誤解）ことなどを考え、1人グシグシと泣いていた。本当はきっと、どんな人でも恵まれている。だけどそれに気づけないのがうつ病なのだ。あのツレですらそうだったと考えてみてください。

私もツレがうつになって自分が恵まれてることに気づけました

ESSAY

PART 4

こんなとき、どうする?

ウチ流　こんなときは　こうしてた　1

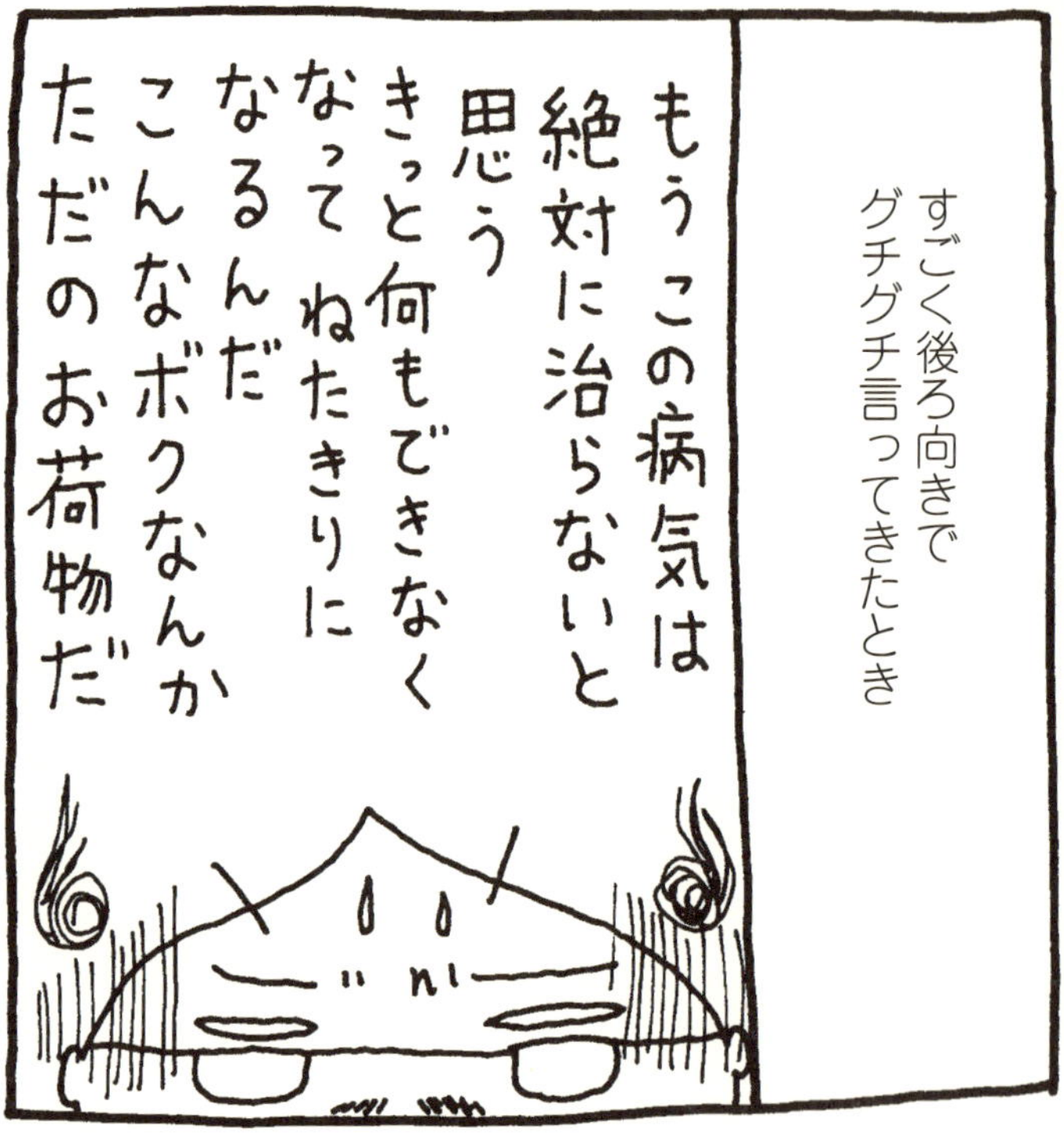
すごく後ろ向きで
グチグチ言ってきたとき
もうこの病気は
絶対に治らないと
思う
きっと何もできなく
なって　ねたきりに
なるんだ
こんなボクなんか
ただのお荷物だ

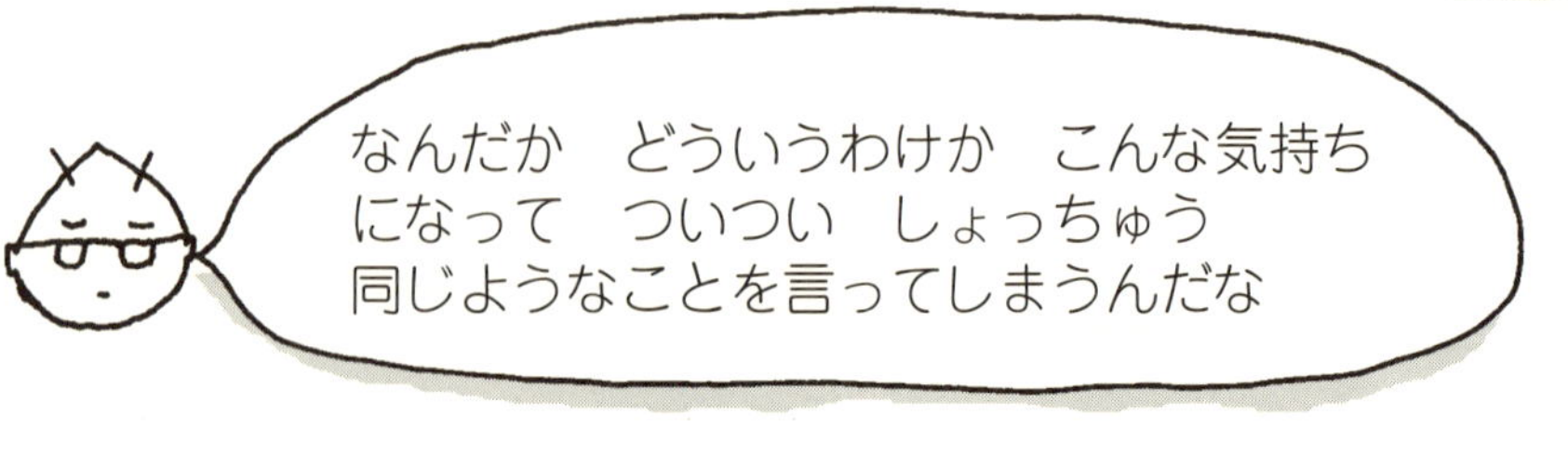
なんだか　どういうわけか　こんな気持ち
になって　ついつい　しょっちゅう
同じようなことを言ってしまうんだな

ダメな　パターン

（私たちもついついやってしまいました）

もっと やる気を出すように言う

弱気になっているんだね？
でもそんな気持ちに負けちゃだめだよ

はげます＝あせらせることになるので　これは　×

わざと言ってると思ってムカつく

あーもううっとーしい
私を困らせようとしている

わざとではないので感情的にならないで　×

共感してしまう

ホントにそうだね
この先どうなるか私も不安

自分もどんどん落ち込んでしまい　同じうつ状態になってしまう可能性あり　×

「あなたはこんなに恵まれている」と説得しようとする

世の中にはもっともっと大変な人もいるよ
それに比べたらいいでしょ

りくつを言ってもムリ　×

じゃ、ウチの場合はどうしてたかと言うと…

そういう気分は
病気がそう
思わせてるん
だよね
最近　薬は
ちゃんと飲んでる？
気分の波の具合は
どう？
はっ
病気が言わせてるんだってことを
ちゃんと認識させる　○

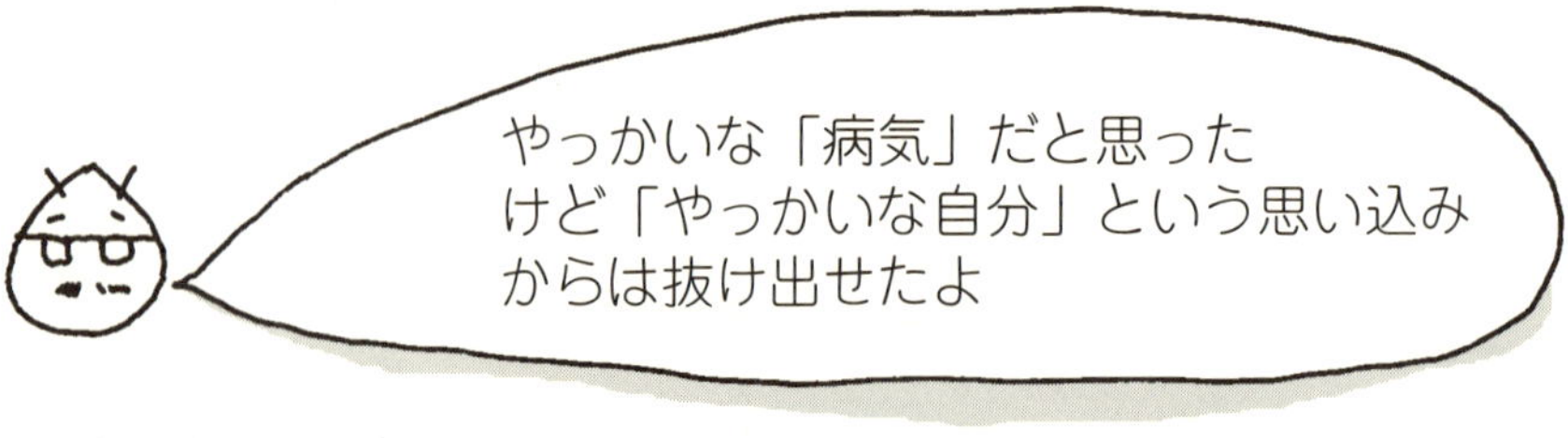
やっかいな「病気」だと思った
けど「やっかいな自分」という思い込み
からは抜け出せたよ

回復してきたら…

ちょっと
お散歩でも
行く？

気分転換を　すすめる

その時の注意点

＊ 出かける時はなるべく一緒に行動する
（めんどくさいと　つきはなすようなことはしない）

＊ イヤだと言ったらムリじいしない
（できないことをムリにさせない）

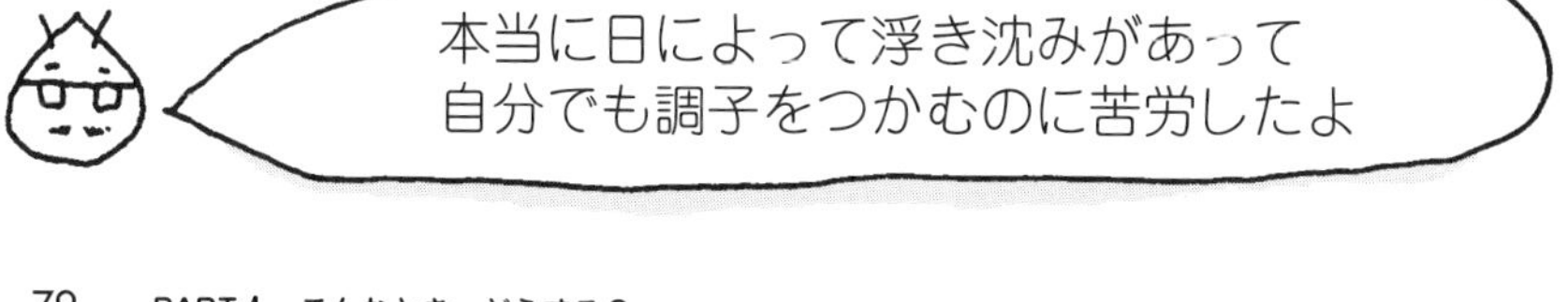
本当に日によって浮き沈みがあって
自分でも調子をつかむのに苦労したよ

ウチ流　こんなときは　こうしてた　❷

うつ病患者に治ろうとする
意欲がなく　やる気がないと
思ってイライラする　×
病は気からって
いうでしょ？
治りたいって
思ってないから
いつまでも治らない
んじゃないの？
キー

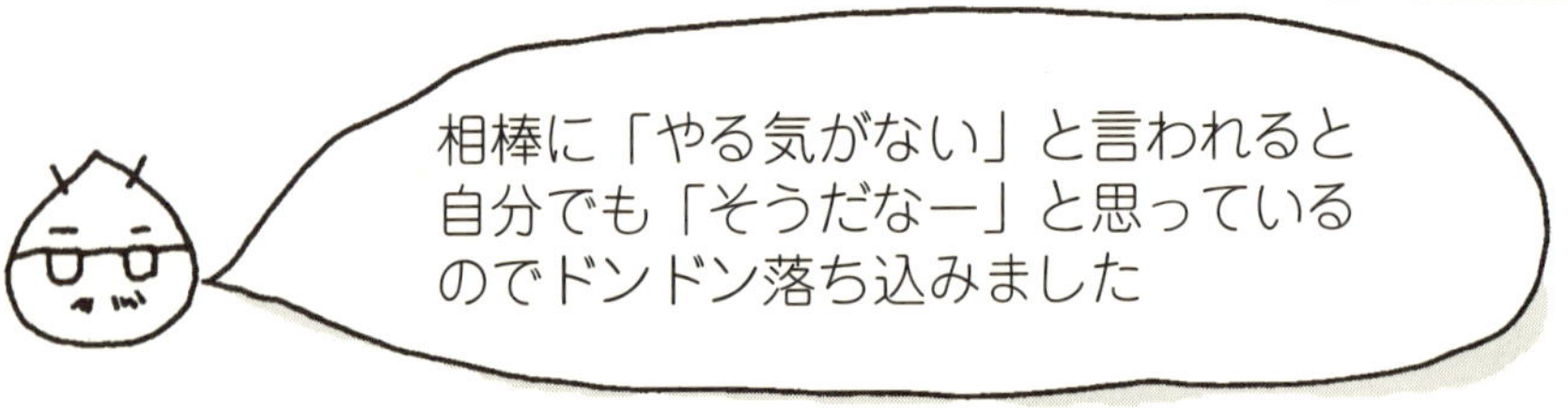

相棒に「やる気がない」と言われると
自分でも「そうだなー」と思っている
のでドンドン落ち込みました

ウチの場合

やる気を出そうとすると
もっと悪くなるのが　この病気なので
「やる気がない感じ」に見えたら
「チャージしている」と思って　安心する　○

いーぞ　いーぞ
フフフ
なまけ道《どう》3級くらいになってきたな

なまけ道とは…

有段者

4級 → テレビをだらだら見る
3級 → おひるねができる
2級 → 働いてないことでクヨクヨしない
1級 → 赤の他人がいても気にしない
初段 → なんでも他の人にやってもらう

ついつい　やってしまいがちだが
キケンなパターン

Aさんのダンナさんもうつ病になったけど6カ月で復職したって
負けてられないな
他人（同じ病気になってしまった人）とくらべる

安易で無責任な発言をする第三者をまきこむ
じゃー私がバリ島につれてってあげる
バリ島はスピリチュアルな島だからうつ病なんてすぐに治るわよ
私にまかせて

朝早く起きて きちんと生活をして
肉をいっぱい食べればいいんだって
この本に書いてあったわ
本の内容をうのみにする
*役に立つ知識もあるが ケースごとによく考えるようにする

無神経に相手にふれようとしたりイヤがることをする
うつに効果があるオイルをぬってあげるよっ
えっ

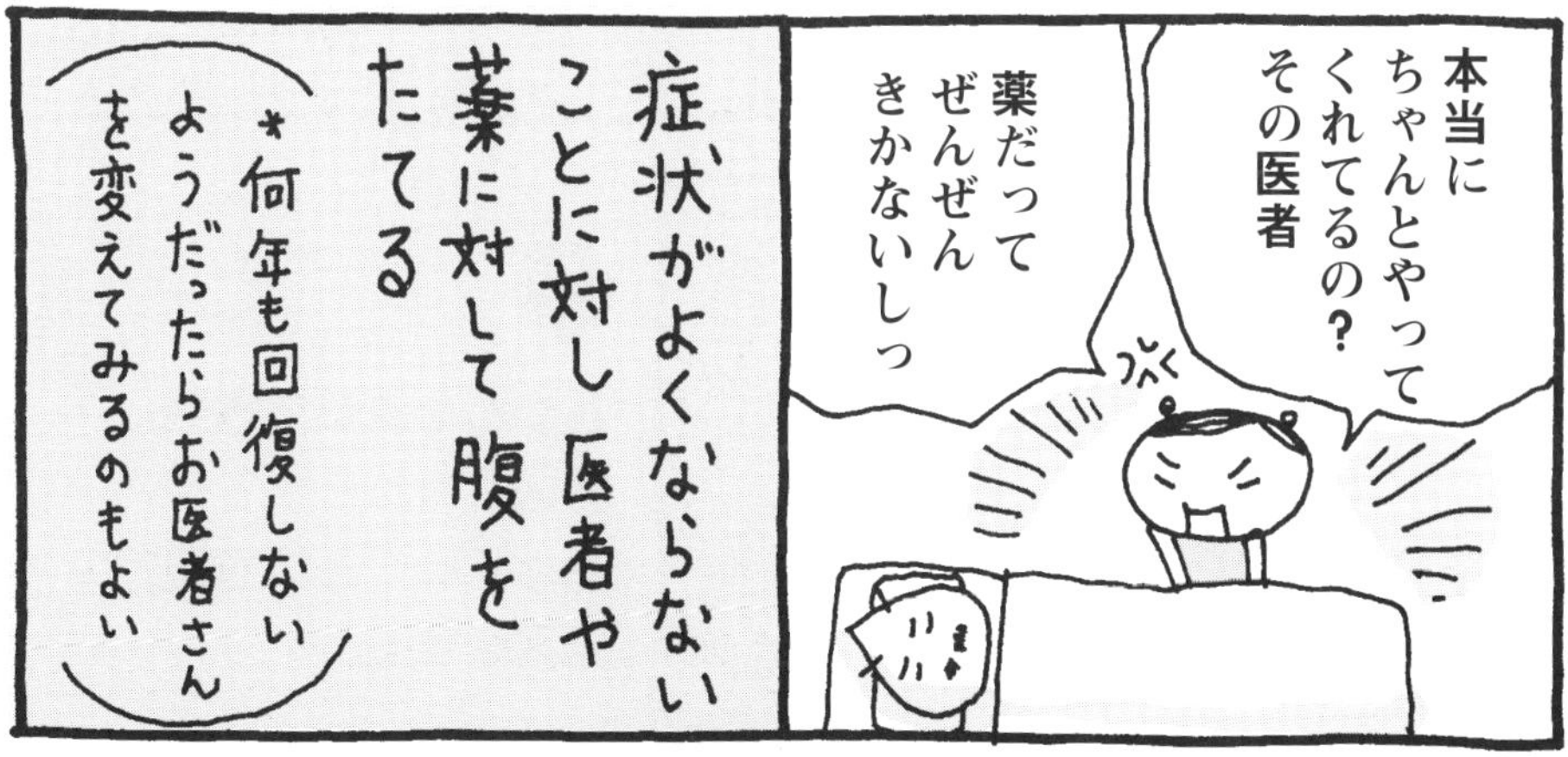
本当にちゃんとやってくれてるの? その医者
薬だってぜんぜんきかないしっ
症状がよくならないことに対し医者や薬に対して腹をたてる
*何年も回復しないようだったらお医者さんを変えてみるのもよい

私たちが思う

これだけはしない方がいいんじゃないの？

ストレスたまってんだもんしょーがねーじゃんっ
プハー
うつ病の薬とアルコールを一緒にのむとフラフラになる

1

アルコールやカフェイン
簡易な薬に頼ろうとする
（患者もパートナーも）

2

相手の変化に気づかない
または自分の変化を
うけ入れない

自分はうつ病とは関係ない人間
病院なんか行かない
今日も私友達と遊びに行くから

リコンだリコン!!
もう実家に帰るからっ
うるさいよっ

3

がまんを重ねて爆発し
関係を終わらせて
生きていくという趣旨の
発言をする

うつ病に限らず
どんな病気でも
にげてばかり
いたら
治らないと
思うんです

どんぐりと山猫

宮沢賢治の「どんぐりと山猫」という童話がある。この童話は一つ一つの言葉の響きやクライマックスに至る運び方がとても秀逸なので、あらすじだけを話しても良さが伝わらないのだが、山猫の裁判官が「自分がいちばん優れている」と争っているどんぐりたちに対して「よろしい。しづかにしろ。申しわたしだ。このなかで、いちばんえらくなくて、ばかで、めちやくちやで、てんでなつてゐなくて、あたまのつぶれたやうなやつが、いちばんえらいのだ」と告げると「どんぐりは、しいんとしてしまひました。それはそれはしいんとして、堅まつてしまひました」となるのがいわばオチなのだが、うつ病のときにそこを読むと「そこまでケチョンケチョンにいう、てんでなってなくてバカでめちゃくちゃなのは賢治さん、あなたなのですね」ということに気づく。そして、童話を読んでいる僕自身もまた、そんな頭の潰れたような奴だと思う。なので、「いちばんえらい」のかもしれないなあ、と。

そんなことを言われても、何の足しにもならないが、なんだかとてもホッとする。宮沢賢治には他にも、職場のイジメが超リアルな「猫の事務所」という作品がある。これも涙なしには読めない。

ESSAY

PART 5

一歩一歩、前に進んで。

その1
電話に出られるようになった
以前、会社のサポートセンターで苦情の電話ばかりとっていたツレは
うつ病になってから電話恐怖症になった
苦情の電話はたいていおこっているのでこわい
責任とる気があるんなら今すぐ直しにこい
申しわけございません
そちらの製品使ったらパソコンがこわれたんで修理費用出してーっ!
申しわけございません
ふざけんなコラァーいいかげんにしろっ
申しわけございません
うつ病のときは電話から声が出てくる
もしもし
という現象そのものがこわくてドキドキするようになっていた

だからツレは電話に絶対に出ない
チャイコフスキー花のワルツの着信音
ドキ
ドキ
ドキ
ツレ電話だよ
ごめん　ムリ
自分にかかってきた電話でさえこわくて出られなかった
ある日……
あ　宅配の不在通知だ
顔見知りの宅配便の人だったので勇気を出して電話してみた
ドキ
ドキ
ドキ
あのっ　不在通知が入っていたのですが
いやーっ　今遠ざかり中なんで　すいません
あと2時間くらいしたらちゃちゃっと持っててっちゃうから待っててねーっ

はい
ただいまー
あっ てんさん てんさん
ボク うつ病になって はじめて 電話をかけ られたよ!!
えっ
全然 できなかった のにどうして ?
それが 自分でも 不思議なん だ

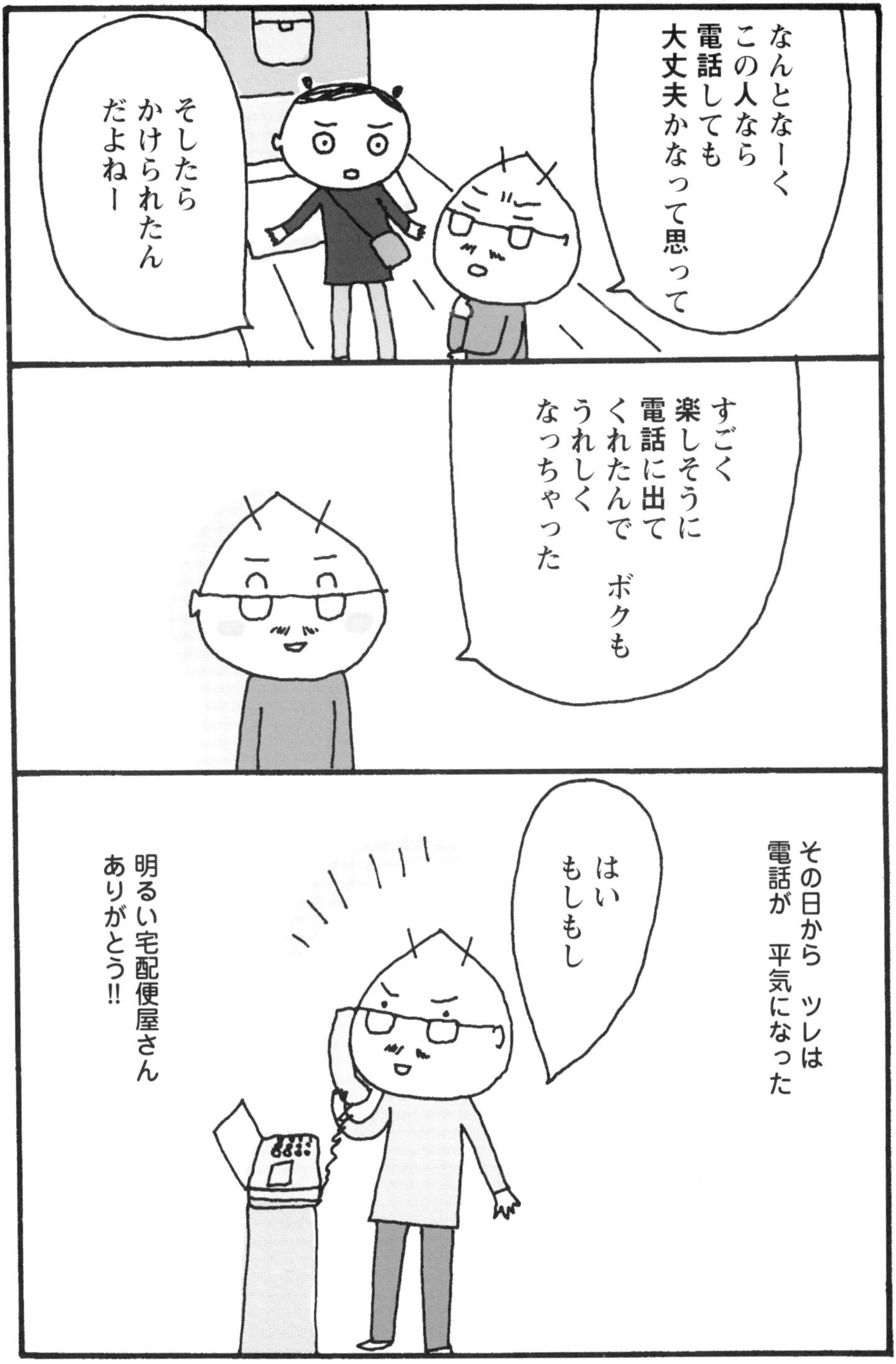
なんとなーく
この人なら
電話しても
大丈夫かなって思って
そしたら
かけられたん
だよねー
すごく
楽しそうに
電話に出て
くれたんで　ボクも
うれしく
なっちゃった
その日から　ツレは
電話が　平気になった
はい
もしもし
明るい宅配便屋さん
ありがとう!!

その2 薬の量が減った
最初の頃は分量をまちがえたり飲み忘れたり
薬もらってきたよ
なかなかききめが出なかったりとずいぶん苦労した薬
一度ツレが勝手にへらしたとき
もうよくなってきたからへーき
ポイッ
ものすごく悪くしてしまったので
起きあがれないっ
お医者さんの言うとおりきちんと飲んでました
あるとき
薬ちゃんと飲んでる?
あ 忘れてた
ダメじゃんちゃんと飲まなくちゃ
せっかくよくよくなってきたのにまた悪くしたらどーすんの
?

でも今日は調子いいし大丈夫だったから薬飲み忘れてたの気づかなかったよ
あれまそうなの?
でも一応飲んどこ
心配だし
さーて買い物行ってこなくっちゃ
前は必死に薬にしがみついてた感じだったけど
忘れても平気っていうのはよくなってきたのかな?
次に病院に行ったとき
薬の量へらしていいって
えーホント?

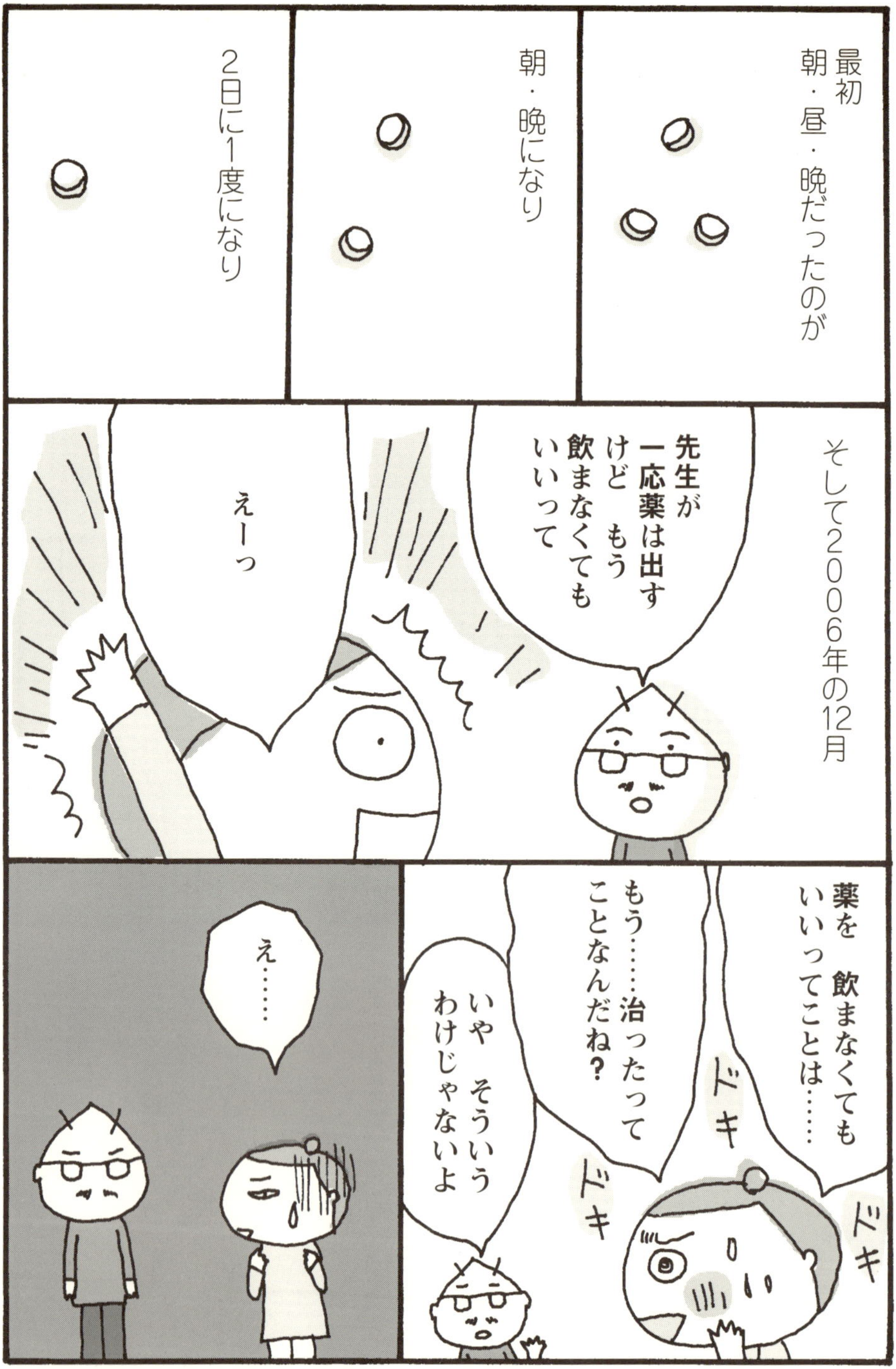

最初
朝・昼・晩だったのが
朝・晩になり
2日に1度になり
そして2006年の12月
先生が一応薬は出すけど　もう飲まなくてもいいって
えーっ
薬を　飲まなくてもいいってことは……
もう……治ったってことなんだね？
ドキ
ドキ
ドキ
いや　そういうわけじゃないよ
え……

うつ病は再発の多い病気なんだ
薬を飲まなくなったからもう安心ってわけじゃないんだよ
なーんだ
がっかり
でもツレの薬が終わったのはものすごい進歩だと思った!!
あーよかった
さっごはんつくるかっ
うれしかった!!

ずっと
先が
見えなかったから
安心した

なまけ病疑惑

うつ病という病気の不思議なところなのだが、自分で「もしや自分はうつ病ではなく怠けているのでは」と疑いを持つところがある。波があって少し調子がいい日に「昨日の自分は実は怠けていただけなのでは？」などと考え始めるのだ。そういうふうに考えるのが、たぶんうつ病なのだ。でも、もしもうつ病ではなく、本当に怠けているのだとしたら？（と、また考えてみる）「楽ができてラッキーじゃん」とニヤリとするのではなく「そんな怠ける自分なんて人間のクズだ」と考えてしまったりする。本当は怠けるのもちっとも悪いことじゃないのだが。

僕もずっとそんなことを考えていたし、治った今に至っても「本当はうつ病って僕のように軽いものではないのでは？　僕は怠けていただけなのでは？」などと思ってしまうことがある。でも、つらかった頃の写真とかを見てみると凄い顔をしていて、ああやっぱり、これは病気だったのだなあと思うんだけど。

ダラ〜
私は時々ホントのなまけ病になるけどね

ESSAY

その❸ 講演会で人前に立った
ツレの調子がいくら よくなってきても
野菜が安かったよ
お医者様から薬を飲まなくてもいいですよって言われても
薬は ↑ひき出しに入れたまま忘れてる
うつ病は再発の多い病気なんだ
それを聞いてから私は
絶対に油断はしないっ
と いつも自分に言いきかせていた

またツレの調子が悪くなってもがっかりしないよう
この病気はそんなに簡単に治るものじゃないんだ
ツレのことを信用できないでいた
そんなとき　講演会のお仕事が来た
講演て人前でしゃべることだよね？
絶対ムリ!!
そうかなぁいいんじゃない？
えっ
ボクたちの経験したことが人の役に立つなら
あっさり
講演でしゃべるのもいいんじゃない？

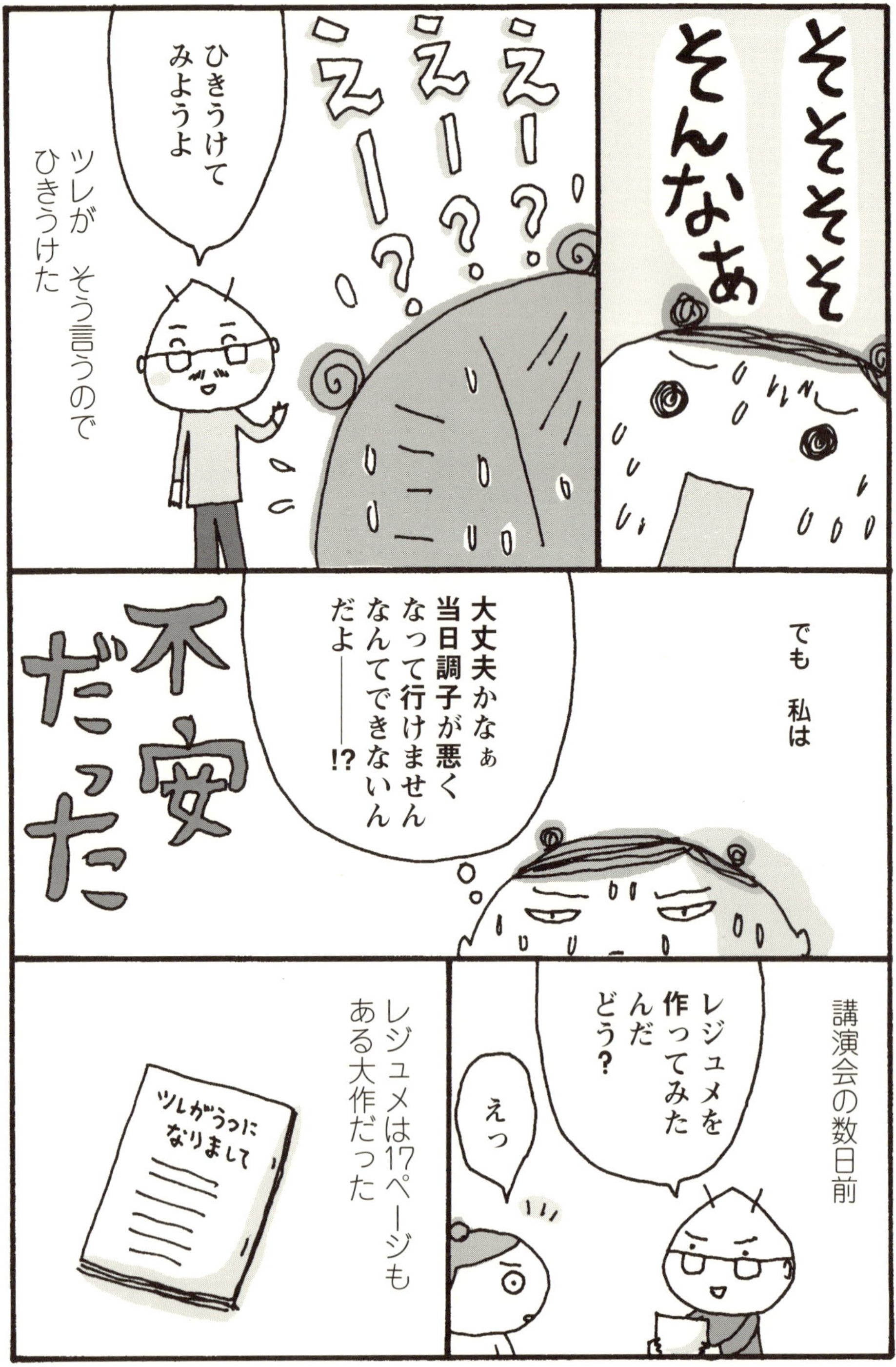

そそそそんなあ
え～？え～？え～？
ひきうけてみようよ
ツレが　そう言うので
ひきうけた
でも　私は
大丈夫かなぁ
当日調子が悪くなって行けませんなんてできないんだよ――!?
不安だった
講演会の数日前
レジュメを作ってみたんだどう？
えっ
レジュメは17ページもある大作だった
ツレがうつになりまして

これ全部
ツレがひとりで
作ったのー？
パラ
パラ
そーだよっ
スゴイなと思ったけど
はりきりすぎて
当日体調を
こわさなければ
いいな……
不安だった
講演会当日は
雨が降りそうな
くもり空
ひゃー
ヤバイよ
どんより
いかにもツレが
ねこみそうな
天気だっ
どーしよう!!!
いよいよ
今日だね
ボクがほとんど
しゃべるから
てんさんは時々
しゃべればいいよ
……うん
それより体調は
大丈夫なのー？
そっちのが
心配だよー

不安なまま講演会場に到着
よろしくお願いします
わっ
たくさん人がいるっ
そーだ私人前に出ると固まってしまうんだった!!
うわーみんなこっち見てるよ!!見ないでー
きっ気が遠くなりそう
くらくら
どーしようっ
それでは時間ですのではじめさせていただきたいと思います
はっ
まずは自己紹介から
ワタクシ細川貂々のツレの……

うっそー
ペラペラしゃべってるよ!!
うっそー ギャグ言って笑わせてるよっ
なーんちゃって
わははは
ツレは
みごとに時間ぴったりにしゃべりおわり
しかも質問にもスムーズに答えていた
1時間半の講演をすべてひとりでやりとげたのだ!!
スゴイ……
このとき　はじめて
もう大丈夫なんだ
ずっとツレの頭にあった
うまくいってよかったねー
アンテナが見えなくなった

次の日
私がつかれて
ねこみました
ごはん
食べられる?
ツレは平気

ツ　レ　の　つ　ぶ　や　き　⑨

うつ病についての講演をしたこと

うつ病についての講演をして、僕は緊張しながらいろいろ喋ったが、聞く人たちの真剣なまなざしに、むしろ力づけられる思いがした。取るに足らぬ自分のような者の体験談でも、何かの役に立つかもしれないと思って引き受けたのだが、講演を終えてみると、励まされ、力づけられたのは僕たちのほうばっかりだった気がする。そして、もう少しで泣きそうになってしまったのは「質問タイム」で、「特に質問じゃないんだけど、この本を作ってくれてアリガトウって言いたかったんです」と「ツレがうつになりまして。」を手にして言ってくれた人がいたこと。そしてその後に拍手が起きてしまったこと。ビックリした！　ちなみに、緊張癖のある相棒は、たくさんの人を前にして、ほとんど喋れなかった。

人前で
しゃべれる人
尊敬するよっ

ESSAY

その④
会社を作った
ツレは うつ病になって
「スーパーサラリーマン」から
「ハイパー専業主夫」に
変身した
シャキーン
毎日 家事を
こなし
自分の時間ができると
図書館でかりてきた
本を読んでいた
また本
読んでる
てんさーん
ちょっといい?
なに?
あのさー
うん
考えたん
だけどさー
うん

会社作ってみようと思うんだ
はい?
会社って……
なんの会社?
細川貂々のまんがの仕事を管理する会社
まんがプロダクションみたいなやつ
へ?

ボクずっと
図書館で会社に
ついての本をかりて
読んでたんだ
そしたらね
会社法って法律が
制定されて1円で
起業できることが
わかったんだよ
はあ?
よく
わからない
だからね
ボクたちでも
会社が作れる
ようになったんだよ
さいわいなことに
ボクにはてんさん
みたいなパートナー
がいることだし
自分で会社を
作ってみたいっ
作っても
いいでしょ
?

よく
わかんないけど
やりたいと思った
ことができたのなら
やれば？
よーし
やるぞー
次の日からツレは
会社作りの勉強を
モーレツにはじめた
本で↓
ネットで
大丈夫
かな？
わく
わく
つかれない
かな？
会社のことを
勉強しているときの
ツレは
たのしそう
だから
いいか
会社の
つくり方
まぶしく輝いていた

株主さんをみつけたり
相談にのってもらう税理士さんを探したり
いろんな手続きをして書類をそろえて
さあ　あとは法務局に会社設立の申請に行くだけだ
スゴーイ
でも申請してダメだって言われたらどーすんの？
えっ
いっ　一応本に書いてあるとおりやってる
大丈夫だっ
法務局は電車を乗りついで2時間くらいかかるところにあった
法務局

こんなところくるのはじめてだよ
ドキ
ボクだって
ドキ
ドキ
わーだめだちょっとトイレ行ってくる
ボクもっ
じゃスッキリしたことだし申請に行ってくるよ
ファイトッ
ドキ
ドキ
大丈夫かな大丈夫かな
ドキ
10分後
終わったよ
これで2週間後までに何も言われなければ
会社の設立だ!!

かくして
ハイパー専業主夫は
会社経営者にも
なってしまった
スゴイぞツレ
社長
ひゃー
ひゃー

まとめ

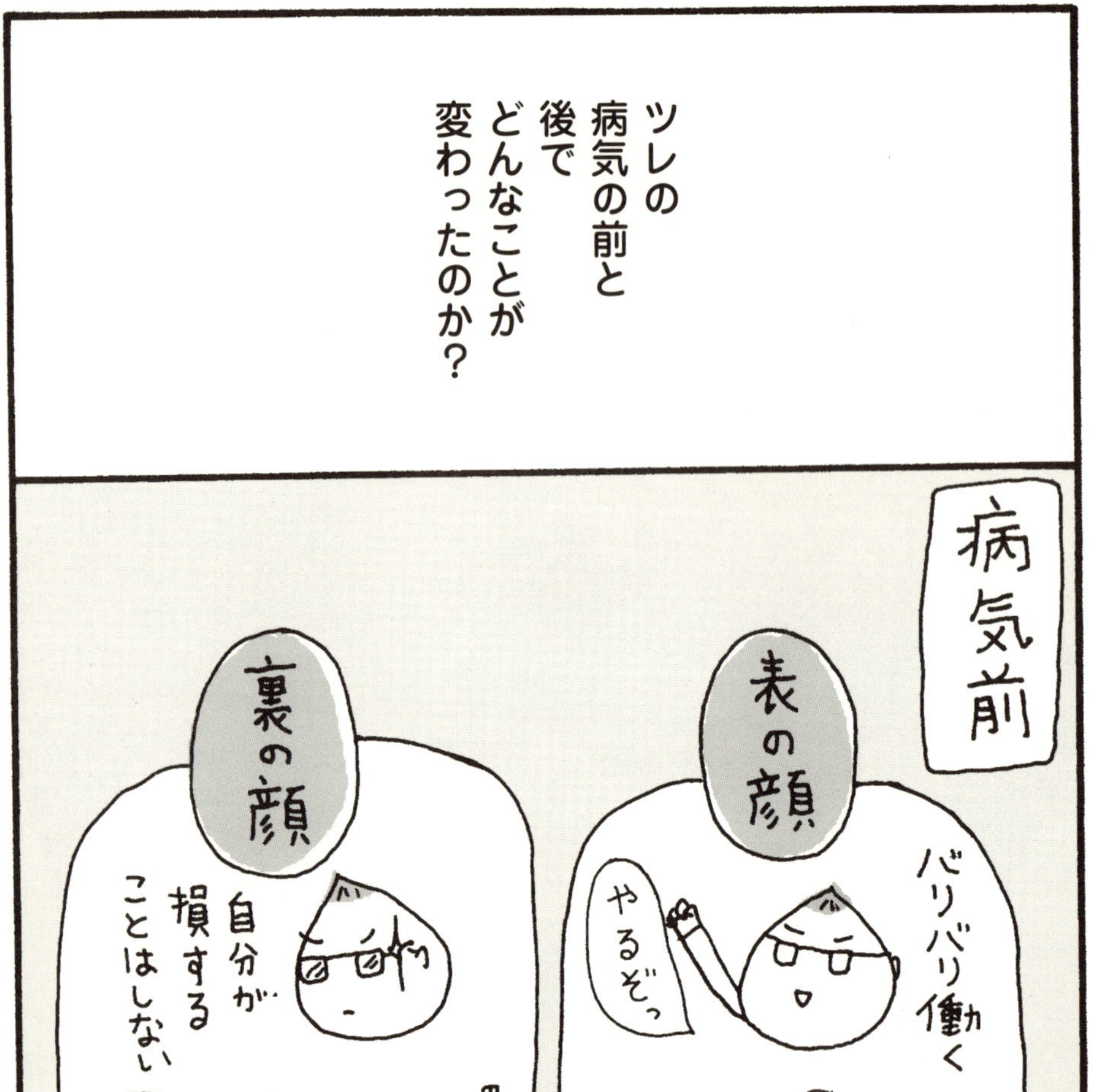
ツレの病気の前と後でどんなことが変わったのか？
病気前
表の顔
バリバリ働く
やるぞっ
かっこつける
ぜんぜんへーき
自分にも他人にもきびしい
グチ言ってもはじまらないよ
裏の顔
自分が損することはしない
理屈で考えてばかり
ろんり的に言うとっ
弱い人を切りすてる
もー知らん

病気中
マイナスオーラ全開
自分よりシアワセそうな人
すべてをのろう
自分はこの世で最低の役立たず
死にたい
うっうっうっ
すぐに泣く
病気後
だらだらすることを覚えた
大好きな料理が毎日できる
マイペースな生活
スローライフ
時々パソコンに向かって
会社の仕事

うつ病になって
ツレの性格が
まるっきり
変わってしまったと
思ったけど

病気をして
いろんな経験を
して
より自然に楽に
生きられるように
なったと思います

そして私も

しっかりしてきたね
すっかりグチを言わなくなったね
明るくなった
頼れるようになった

成長することが
できたような
気がします

ツレのつぶやき⑩

自分は必要とされている！

うつ病になって会社を辞めたその日から、僕は社会復帰を自分の義務と考えていた。調子が悪いときでも職安に通った。だけど、予定や約束をつぎつぎと反故《ほご》にしなければならない事態を経て、自信をなくしてしまった。失業保険の給付が切れると職安からも足が遠のいてしまった。それでもときどき、パート募集のコーナーは覗いていたのだが……。

ずるずると闘病は長引き、とりあえず家事をやった。調子がいい日は相棒のアシスト作業や経理をやった。どうにか2人で食べて行けるだけの収入はありそうだった。「お金のために働かなくちゃいけない」という焦りが薄れると、「必要とされているところで働けばいい」という考え方に変わった。

よく考えると、僕は、会社で働いていたときも「お金のため」というよりは「自分を必要としている場所がある」ことが心の支えだった。相棒の仕事が増えていくに従って、僕の負担も増えてきたが、それは心地よいバランスだった。相棒の負担を減らすため、ゴチャゴチャした手続きを整理して、会社まで作ってしまった。会社大好き人間だった僕は、今では自宅が会社になって会社の中で寝泊りしている。フクザツだがちょっと嬉しいような気もする。

今はツレが
いないと
仕事が
できないよー

ESSAY

エビちゃんふやしすぎて
100匹くらい
いた時があった!!
ヤマトヌマエビ
体長1cm
肩身のせまい一匹だけのコリドラス
うじゃ
うじゃ
エビちゃんスゴイでしょ…
うん、スゴイ
ドン引きの友達

近所の神社に
作られた
病をはらって
くれるという
「ちの輪《わ》」を
真剣に
くぐったツレ

今ツレは毎朝のゴミ出しで曜日をはあくしている

今日は最初のもえるゴミの日火曜日だ!!
おはようございまーす
もえるゴミ

イグはボーズ頭がスキ!!
なんだよー みつめるなよー
じーー
ムフー

おわりに　ツレ

うつ病なんかになっちゃいました。

病気になった当時の戸惑《とまど》いと、会社を辞めて闘病生活を始めて、もうずっとずっと大変で、このままなんじゃないかと思っていたことを思い出す。

傍目《はため》から見れば、きっと僕は恵まれていたし、気楽そうに生活をしていたかもしれないが、頭の中はいつでも、自分のミスで大切な試合に負けてしまった野球少年のようだった。何日寝ても試合の翌日のようなのだ。これには本当に困った。

でも、それから三年も経って、今では自分の負け試合をようやく懐かしく思い出すことができる。

それで、僕らの場合なのだけど、相棒が僕の病気を隠さず周囲に全て話していたこと。人の生きている姿の一つの形なのだと、僕に胸を張って生活するように態度で示していてくれた。結果的にそのことが僕にとってはとてもありがたかった。もちろん、僕には自分の過失で病気になってしまったのではないかという負い目があったので、病気のことを語るのはとても恥かしかった。この本にも、「ツレうつ」を作ったときの僕の女々《めめ》しい態度が報告されてしまっている……。

それでも、相棒は「病気になったことは恥かしいことでもなんでもない」と言い続けてくれた。

そうだ、人間は誰でも病気になるんだ。たいていの人は重い病気を人生の後半にする。そして死に至る道のりも病気のつらさと共にゆく。

だから病気のつらさを言葉にして他の人と共有することは恥かしいことでもなんでもないのだ。そして、人はどんなときであっても、自分の「生きざま」を誇れるのだとわかった。「私は私のことを誇りに思います」と。文字にして書くと翻訳した文章みたいで、ちょっと違和感があるのだが。たとえば、要領が悪くてハンディを背負っている人がいて、目の前で転んだり失敗を重ねたり、「ばかで、めちゃくちゃで、てんでなつてゐなくて」も、その人の口から「自分のことを誇りに思っている」と言われたら、みんなその人が「劣っている」とはもう思えないだろう。

低調なときに、自分自身を誇りに思うことはむずかしい。特にうつ病のようなクヨクヨする病気のときはなおさらだ。だけど、それでも、病気の人も周囲の人も、そのことを誇っていいのだと思う。そういう世の中にしたいから、僕は病気になった自分自身を誇りに思う。

病気を闘っているみなさんも、その病気を誇りに思ってください。

みんな本当にありがとうございました。

おわりに　貂々

『ツレがうつになりまして。』を出版した後に続編を出して欲しいとたくさんの方に言ってもらえました。でも私はなんとなく書きたくないなあと思っていました。第2弾を出すともしかして第3弾も出てツレの病気は永遠に治らない気がしたのです。

それで『イグアナの嫁』という本にツレがうつ病になるまでの経緯とその後の様子を書いて、もううつ病のことは書かないつもりでした。

でも、ツレの薬が終わり、ツレなりの社会復帰をしていく様子を見て「あ、うつ病はちゃんと治るんだ。だったらそのことを書かなくてはいけないな」と思うようになりました。

もちろんツレは以前のツレに戻ったわけではありません。でも、うつ病を経験することによって生き方を変えることができたツレは楽しそうです。

つらかった時のことは時間がたてば薄れていきます。

今はのんびりと自分のペースで前向きに生きているツレを見て、私はこの人と結婚できて本当に良かったなと思えるのでした。

とはいえ、今でも時々ツレは「なんかうつっぽい」とドキッとさせることを言うことがあります。そのたびに私は「疲れてるだけだよ、休めば大丈夫」と本人にも自分自身にも言い聞かせます。誰でも憂鬱になることや落ち込むことはあるし、普通のことだよって言います。うつ病は再発率が高い……という現実は一度うつ病を経験したらずっとずっと頭のすみに残しておかなければいけないことだと思います。

「疲れたら休む」「無理はしない」これだけはツレには守っていって欲しいです。私なんて疲れる前に休んでるし、無理という言葉とも無縁な生活なんですけどねえ。

最後になりましたが、「ツレうつ」を出すきっかけを作って下さった管野裕美さん、その後を引き継いで下さった山田京子さん、幻冬舎の皆々さまがた、そしてとってもインパクトのある表紙を作って下さったデザイナーの守先正さん、本当に本当にありがとうございました。

加えて、ツレがうつになった時、支えて下さったまわりのみなさま、「ツレうつ」を読んでお手紙を下さったみなさま、ありがとうございました。

この本を手にとって読んでくださったみなさまにも感謝いたします。本当にありがとうございました。

〈プロフィール〉
細川貂々（ほそかわてんてん）

1969年生まれ。セツ・モードセミナー卒業後、
漫画家、イラストレーターとして活動。
著書に『ツレがうつになりまして。』『きょとんチャン。』
『イグアナの嫁』などがある。
夫とペットのイグアナたちと同居中。

ブックデザイン　守先正＋髙橋奈津美＋輪湖文恵

その後のツレがうつになりまして。

2007年11月25日　第1刷発行
2007年12月15日　第3刷発行
著　者　細川貂々
発行者　見城 徹

発行所　株式会社 幻冬舎
〒151-0051 東京都渋谷区千駄ヶ谷 4-9-7
電話　03（5411）6211（編集）
03（5411）6222（営業）
振替　00120-8-767643
印刷・製本所　株式会社 光邦

ISBN978-4-344-01418-3　C0095
幻冬舎ホームページアドレス　http://www.gentosha.co.jp/

この本に関するご意見・ご感想をメールでお寄せいただく場合は、
comment@gentosha.co.jpまで。